Katharina Nowack

Nach Ebbe kommt Liebe

Katharina Nowack

Nach Ebbe kommt Liebe

Roman

Bibliografische Information der Deutschen Nationalbibliothek:
Die Deutsche Nationalbibliothek verzeichnet diese Publikation in der Deutschen Nationalbibliografie; detaillierte bibliografische Daten sind im Internet über http://dnb.dnb.de abrufbar.

Herstellung und Verlag: BoD – Books on Demand, Norderstedt
Coverdesign: Sitah Nowack Design
ISBN: 978-3-7583-7410-4

Ich brauche nicht viel
sondern Meer.

1

Ich wartete.

Gerade wartete ich auf den Sushi-Lieferdienst, der mir heute das Kochen ersparen sollte. Aber während ich auf eben diesen wartete, fiel mir wieder einmal mehr auf, dass der Zustand des Wartens mich momentan eigentlich dauerhaft begleitete. „Eigentlich warte ich auf mein Leben", sagte ich zu mir selbst und stapfte leicht frustriert in die Küche. Im Kühlschrank fand ich noch eine angebrochene Flasche Weißwein. „Auf das Leben", dachte ich ironisch und goss mir ein Glas ein.

Ich war vor zwei Wochen 38 geworden. Mein Geburtstag, mein diesjähriger „Ehrentag", war mit Abstand der schlimmste Geburtstag seit 20 Jahren gewesen. Damals, an meinem lang ersehnten 18. Geburtstag, meinte mein damaliger Freund Benni, sich als besonderes Geburtstagsgeschenk an diesem Tag von mir trennen zu müssen. In diesem Jahr dagegen hing ich mit Magen-und-Darm-Grippe über der Schüssel und verbrachte meinen Ehrentag allein im Bett, da mein erbärmlicher Zustand weder Kranken- noch anderen Besuch zugelassen hatte. Auch wenn es das Letzte war, was ich mir eigentlich von meinem Leben und dem Familienstatus mit Ende dreißig erhofft hatte, war ich in dem Moment über mein karges

Singledasein froh – im gefühlt jämmerlichsten Zustand eines solchen Virus wollte man ausschließlich eins: allein sein und sein klägliches Äußeres vor der Außenwelt verbergen. Auch wenn ich mir nach nun mehr als fünf Jahren sehnlichst wünschte, den Beziehungsstatus „Single“ oder auch „es ist kompliziert“ endgültig hinter mir lassen zu können.

Ich nahm einen großen Schluck Wein. „Ich kann mir doch nicht dauerhaft mein Leben schön trinken“, dachte ich frustriert. „Irgendetwas muss passieren. Ich will, dass sich das endlich ändert.“

In diesem Moment klingelte es an der Haustür. Meine kleine Podenco-Hündin Mina raste bellend in den Flur und führte ihre bekannte Bell-Arie auf. Ich drückte auf den Summer und versuchte Mina zu beruhigen. „Mina, benimm dich. Der bringt mir mein Essen! Hör auf mit dem Quatsch.“ Leider verstand Mina mein Beschwichtigungs-Deutsch nach wie vor nicht und bellte unbeirrt weiter.

Sanft schob ich Mina mit dem Fuß beiseite und tauschte Geld gegen die mit Essen gefüllte Papiertüte. Nachdem ich die Haustür wieder hinter mir geschlossen hatte, trug ich die gut duftende Tüte ins Wohnzimmer. „Leckeres Essen hebt doch immer die Laune“, stellte ich fest und machte mich über die Nigiris, Tempura Unagis und das Lachs Sashimi her. Mina hatte es sich währenddessen unterm Esstisch bequem gemacht und wartete sehnsüchtig darauf, dass ich kleckerte oder krümelte. Auch wenn meine Hunde-Erziehung in diesen Fällen nicht gerade Martin-Rütter-verdächtig war, so hatte diese Treue und Zuverlässigkeit, die mir dieses Tier entgegenbrachte, doch immer wieder etwas Tröstendes. „Ach Mina", seufzte ich. „So kann es doch nicht weitergehen! Was machen wir denn bloß mit unserem tristen Zweier-Haushalt?"

Satt aber mit der Gesamtsituation unzufrieden griff ich nach meinem Handy und tippte in der Anrufliste auf die Nummer in der Reihe, die gleich unter „Happy Sushi" gelistet war: meine beste Freundin Pippa.

„Hey, alles in Ordnung bei dir, meine Liebe?" meldete sie sich gut gelaunt wie immer.

„Ja, geht. Ich hasse Sonntage", war meine Antwort.

„Sonntags-Blues, verstehe. Genau richtig, dass du anrufst. Ich brauche mal eben deinen nicht-fachmännischen Rat." In diesem Moment ploppte eine SMS auf meinem Handy auf. Pippa hatte ein Foto geschickt, auf dem ihr Wohnzimmer zu sehen war.

„Wie findest du das? Ich wollte mal wieder eine neue Perspektive und vom Sofa kann man so richtig schön aus dem Fenster schauen!"

Pippa war von Natur und von Beruf aus kreativ. Entweder sie steckte mal wieder in einem ihrer DIY-Projekte oder sie hatte andere verrückte Ideen. Heute hatte sie ihre Wohnung umgestellt und verlangte nun nach meinem Urteil: „Und?"

„Ich finds gut. Vielleicht würde ich die Bilder an der Wand darüber noch etwas anders verteilen. Aber sonst würde ich das so lassen. Was sagt Marc denn dazu?"

„Ach, du kennst ihn ja. Ich soll dich fragen, sagt er. Guter Einwand. Ich glaube, das ist auch das, was mich gestört hat. Danke! Aber nun erzähl mal – wie geht es dir? Was hast du heute Schönes angestellt? Du hast hoffentlich nicht den Tag am Schreibtisch verbracht!"

Ich war Lehrerin an einer Grundschule und nach einem Hörsturz vor 2 Jahren gehörte es regelmäßig zu den Gesprächsthemen zwischen uns, dass Pippa sich um mein Stresslevel sorgte und nach meinem Arbeitspensum fragte.

„Nur ganz kurz", verteidigte ich mich", aber ansonsten war ich eine große Runde mit Mina spazieren und hab mir Essen bestellt - so wie jeden Sonntag. Ich hasse Sonntage und heute ist mal wieder so einer, an dem ich das Alleinsein echt verfluche".

„Hmm – dann müssen wir jetzt mal endlich einen Plan schmieden!" war Pippas Antwort.

Dafür liebte ich meine beste Freundin. Für ihren unverbesserlichen Optimismus und die Gabe, mich immer wieder aus meinen Stimmungstiefs zu ziehen. Seit dem Tod meiner Eltern vor einigen Jahren war Pippa meine Familie. Sie hat nicht nur die Lücke in meinem Leben gefüllt, sondern mir auch in tiefen schweren Zeiten beiseite gestanden. Mit ihrer ansteckenden Lebensfreude und ihrem unerschütterlichen Glauben daran, dass selbst aus den düstersten Momenten noch etwas Gutes erwachsen konnte, hatte sie es damals geschafft, dass ich trotz des Verlustes wieder vorne blicken konnte.

„Gibt deine Dating-App nicht mal wieder was Nettes her?" wollte Pippa wissen.

„Nee! Gestern habe ich mit jemandem getextet, der mir nach dem anfänglichen „Ich finde dich ganz sympathisch und schreibe dich jetzt einfach mal an"-Geplänkel offenbarte, dass er bereits Frau und Kind zu Hause hat, aber für ein wenig Abwechslung dankbar wäre", erzählte ich. Pippa schnaufte verächtlich.

„Und neulich schickte mir jemand ungefragt Fotos, auf denen er eine Strumpfhose trug und mich mit einem verwegenen Lächeln anblickte!" führte ich meine aktuellen Erfahrungen auf „Lonely Hearts" weiter aus.

Pippa lachte. „Nicht dein Ernst! Was da draußen aber auch so frei herumläuft! Okay – also scheinbar bringt diese Plattform nichts Brauchbares für dich hervor. Ich weiß, dass du dem gegenüber skeptisch bist, aber ich habe neulich gerade erst wieder von einer Frau gehört, die seherische Fähigkeiten hat und die Menschen hilft, den richtigen Weg einzuschlagen. Meine Mutter hat sie mir empfohlen und das klang wirklich gut, was sie berichtete. Vielleicht könntest du die einmal befragen!"

Pippa war bekannt für ihre „esoterischen" Tipps, womit ich sie oft aufzog. Sie war in einem Elternhaus groß geworden, wo in jedem Zimmer mindestens ein Buddha zu finden war und in dem abends und morgens für eine Stunde das Telefon ausgestellt wurde, damit ihre Mutter in Ruhe meditieren konnte. Pippa schien das nachhaltig geprägt zu haben. Sie schaute mit einer spirituellen Brille auf die Dinge und kam mir nicht selten mit Weisheiten, wie „Wir sind, was wir denken" oder „Das Glück liegt in uns, nicht in den Dingen". Eigentlich konnte ich diesem Gedankengut oftmals nicht viel abgewinnen und zog Pippa häufig damit auf. Insgeheim schätzte ich meine Freundin aber genau dafür und beneidete sie sogar manchmal für dieses bodenlose Vertrauen darauf, dass am Ende doch alles gut werden würde.

„Ach ich weiß nicht recht“, sagte ich. „Woher soll den eine wildfremde Frau wissen, welcher Weg der richtige für mich ist?! Am Ende bin ich genau so schlau wie vorher aber mit Sicherheit um einige 100 Euro ärmer.“

„Sei nicht so negativ. Einen Versuch ist es wert!“, verteidigte sich Pippa. „Ich schick dir gleich einfach mal den Kontakt. Dann kannst du immer noch entscheiden, ob du sie einmal befragen willst. Du, ich muss mal Schluss machen. Marc hat gekocht und wartet mit dem Essen! Mach´s gut, Süße und lass den Kopf nicht hängen! Wir sprechen uns morgen.“

Es klickte in der Leitung.

Kurze Zeit später ertönte das bekannte Nachrichten-Empfangssignal. Pippa hatte ihr wie angekündigt den Kontakt geschickt. „Emilia Berg“ leuchtete auf dem Display auf. Und: „Ruf die doch mal an! Du hast doch nichts zu verlieren! Kuss, Pippa.“

Müde lächelnd legte ich das Handy weg und schaltete den Fernseher ein. Tatortzeit.

2

„Wie kannst du bloß immer gute Laune haben!? Und dann auch noch so früh am Montagmorgen!" sagte ich kopfschüttelnd, als Mina mir schwanzwedelnd mit ihrem Spielzeug im Maul hinterherlief. „Süße, ich kann jetzt nicht mit dir spielen. Ich muss unter die Dusche und dann in die Schule!"

„Als ob sie das verstehen würde", dachte ich und verachtete mich fast ein kleines bisschen selbst, dass ich in manchen Belangen genau „so" eine Hundemama geworden war, wie ich es bei anderen im Vorfeld belächelt hatte. Allerdings musste ich auch immer wieder feststellen, dass das Zusammenleben mit einem Hund für mich fast etwas Therapeutisches hatte. Ich fühlte mich seitdem nicht nur weniger allein, sondern teilte mit Mina auch meinen Alltag. Die fast dankbare Treue, die mir diese kleine zauberhafte Fellnase entgegenbrachte, war für mich nicht mehr wegzudenken und ich hätte niemals gedacht, dass ich so sehr mit der kleinen Hündin zusammenwachsen würde. Gleichzeitig wusste ich natürlich, dass Mina in erster Linie in mir als „Frauchen" ihre Grundbedürfnisse und Sicherheit erfüllt bekommen musste. Während in menschlichen Partnerschaften Demokratie herrscht und beide Partner auf Augenhöhe stehen sollten, wird ein Hund sich nur wohlfühlen, wenn er seine Grenzen kennt und sich in diesen frei bewegen kann. „Lass Mina gegenüber mehr den Chef heraushängen. Du entlastest du sie, wenn du ihr Führung gibst", waren die Worte meiner Hundetrainerin, die mir immer wieder in den Kopf kamen. Das gelang mir mal mehr und mal weniger gut, insbesondere in Situationen, wenn Minas Blicke mein Herz erweichten. Genau wie in diesem Moment.

„Ja, meine Süße. Wir gehen gleich raus." Während ich zwischen Badezimmer und Schlafzimmer hin und her lief, beobachtete Mina mich genau. Zu verlockend war die Aussicht auf die erste Gassirunde und die sich daran anschließende fleischlastige Mahlzeit.

Ich entschied mich schließlich für eine bequeme weite, dunkle Hose und ein schlichtes graues Oberteil. Ich griff nach einem Haargummi und band mir die Haare schnell und praktisch zu einem Dutt zusammen. Zu kurze Haare, die sich nicht eindrehen ließen, steckte ich mit Klemmen fest. Ein kurzer Blick in den Spiegel: „Passt so für einen Montag", beschloss ich, schlüpfte in meine Sneakers und startete mit Mina die lang ersehnte Gassirunde.

Als ich damals für meinen Freund nach Hamburg gezogen war, hatte ich gleich eine Stelle als Lehrerin gefunden und wir waren mehr als glücklich gewesen, die Zeit unserer Fernbeziehung endlich beenden zu können. Ich hatte meine Examina mit Auszeichnung bestanden und erinnerte mich noch gut an meine Ausbilderin, bei der ich bis zur Perfektion lernte, Unterrichtsstunden zu planen und durchzuführen. Umso tiefer war der Fall, als ich meine erste Stelle als frisch gebackene Lehrerin antrat. Niemanden interessierte mehr, welche Sozialform ich warum nutzte, welche didaktische Reserve ich mir überlegt und welches Feuerwerk der Pädagogikkunst ich gerade abgefeuert hatte. So merkte ich mehr als schnell, dass die Realität, der Alltag als Lehrkraft nahezu kaum noch etwas mit dem zu tun hatte, was ich in der Ausbildung bis zur Vollkommenheit getrieben hatte. Natürlich war mir demgegenüber auch klar, dass ich mit einer Vollzeitstelle nicht mehr in der Lage war, jede Stunde perfekt auszuplanen, hierfür Dinge zu basteln oder einzulaminieren. Dennoch fand ich es schade, dass sich mein anfänglicher Enthusiasmus nicht besser anbringen ließ.

In dieser Zeit stellte ich mir oder eher dem System häufiger die Frage: „Müsste man nicht diesen „Schatz" eines Berufsanfängers besser schützen? Ist es nicht das, was dringend besser genutzt werden sollte, weil es letztendlich den Kindern zugutekäme?"

Nachdem mein anfänglicher Eifer aber relativ schnell auf den Boden der Tatsachen ankam und damit langsam verflog wie Schönwetterwolken, arbeitete ich nach und nach meine Stunden ab und fand in eine Art Lehrer-Trott. Der verschaffte mir zwar auch einige Freiheiten, weil ich nicht mehr nächtelang plante und vorbereitete, hinterließ aber auch eine Art Frust, der sich immer mal wieder bemerkbar machte. Nichtsdestotrotz war ich, „Frau Conrad", bei den Kindern beliebt und – würde ich nicht immer mal aussortieren –könnte mit den zahlreichen selbst gemalten Bildern und Geschenken der

Kinder sicherlich irgendwann die Wände meiner Wohnung tapezieren.

Als ungeschriebenes Gesetz galt aber, dass die Werke der Schülerinnen (meistens waren es Mädchen) niemals in einem für sie zugänglichen Papierkorb landeten. Ich erinnerte mich an einen Tag als Referendarin, an dem ich leider zu achtlos, eine Skizze, die ein Mädchen damals von mir angefertigt hatte, nachdem ich mich dafür bedankt und das Ganze gewürdigt hatte, in die Altpapierkiste auf dem Klassentraktflur legte. Es hatten sich mal wieder Hunderte Werke in meiner Schultasche und meinem Klassenfach angesammelt und ich musste Platz schaffen. Leider sah die kleine Künstlerin wenig später ihr Werk im Müll liegen.

Arglos gab sie mir das Bild zurück: „Frau Conrad, das habe ich im Papiermüll gefunden. Das ist doch deins!"

Diese Arglosigkeit war mir nicht nur mehr als unangenehm, sondern brach mir fast das Herz. Seitdem wusste ich, dass ich dringend beim „Aussortieren" vorsichtiger sein musste.

Unterm Strich mochte ich in meinem Job besonders, dass ich den mir anvertrauten kleinen Menschen etwas beibringen konnte, sie sogar prägen und im besten Falle eine positive Haltung zum Lernen vermitteln konnte.

Nachdem der Hund versorgt war, betätigte ich den Knopf der Kaffeemaschine. Als der Knopf zu blinken aufhörte, ertönte das vertraute Surren und der Kaffee lief in den darunter stehenden Becher. Ein Schuss Hafermilch noch und ich ließ mir genüsslich und mit geschlossenen Augen den ersten Schluck meines Heißgetränks schmecken. Wenn nicht schon die Frischluft durch die morgendliche Gassirunde geholfen hatte, dann half spätestens die Dosis Koffein, mich wach in den Tag starten zu lassen.

In dem Moment musste ich daran denken, wie Pippa letztens von ihrem Seminar „Achtsam leben" berichtete und mir davon erzählte, dass alle Teilnehmer morgens ein Dankbarkeitsritual durchgeführt hatten. Jeder sollte drei Dinge nennen, für die sie dankbar sind. „Ich bin dankbar für meinen fantastisch schmeckenden Kaffee", sagte ich halb zu mir selbst und halb zu der mit dem Schwanz wedelnden Mina.

Lächelnd streichelte ich meiner Hündin über den Kopf. „Gleich geht's los zu Elmar. Dann kannst du schön im Garten toben!" Ich hatte das Glück, Mina jeden Morgen beim Hausmeister abgeben zu können, der sich, während ich in der Schule war, liebevoll um Mina kümmerte. Elmar war eine totaler Hundemensch und sofort bereit gewesen, mir die Betreuung zuzusagen, als ich mit der Idee kam, mir einen Hund anschaffen zu wollen. Das war wirklich ein Segen und am Ende der ausschlaggebende Faktor, um der Tierschutzagentur zusagen zu können, die kleine Hündin bei mir aufzunehmen. Den Hund als Alternative jeden Tag zu Hause zu lassen, während ich in der Schule war, kam für mich nicht infrage. Somit war ich mehr als dankbar, dass ich in Elmar mehr als eine liebevolle Betreuung für meinen Seelenhund gefunden hatte.

Auf dem Weg zur Schule ging ich gedanklich den bevorstehenden Schultag durch. Doppelstunde Sport in der 3a: „Die freuen sich über eine ausgiebige Runde

Brennball", dachte ich. „In zwei Wochen findet das alljährliche Brennballturnier an der Schule statt und einige sollten dringend ihre Wurfkraft trainieren". Darüber hinaus standen heute noch Mathe und eine Stunde Theater in der Vierten auf meinem Stundenplan. Meine Motivation hielt sich in Grenzen – typische Montagslaune eben.

Als ich mein Auto auf den Lehrerparkplatz lenkte, sah ich, dass meine Schulleitung ebenfalls gerade angekommen war und aus dem Auto stieg. „Guten Morgen, Frau Conrad", begrüßte sie mich. „Ich hoffe, Sie hatten ein schönes Wochenende?"

„Dankeschön, es war sehr entspannt. Ich hoffe, Sie auch!" führte ich den Smalltalk weiter.

„Ja, ja alles gut, danke. Frau Conrad, hätten Sie heute einen Moment für mich? Ich müsste etwas mit Ihnen besprechen. Wären Sie so lieb und kommen in der 1. Pause einmal in mein Büro?"

„Ja, natürlich, kein Problem. Um was geht es denn?" Mir gefiel der ernste Unterton in Frau Helmsohns Stimme nicht. Oh nein, hoffentlich sollte ich nicht für meine langfristig erkrankte Kollegin einspringen und deren Stunden in der 2d übernehmen. Das hatte mir gerade noch gefehlt.

„Das würde ich gern später in Ruhe mit Ihnen besprechen. Bis später dann."

Frau Helmsohns Worte verstärkten meine Unsicherheit. Etwas irritiert holte ich Mina vom Rücksitz. „Na was war das denn?" murmelte ich halb zu mir selbst, halb zu Mina und knetete ihre weichen Ohren. „Naja, wird schon nichts Weltbewegendes sein", beruhigte ich mich und brachte den Hund zu Elmar.

Auf dem Weg in die Klasse surrte mein Handy. Pippa wünschte mir per Whatsapp einen schönen Start in die Woche. Ich lächelte und war mal wieder froh und dankbar, eine so treue Freundin an meiner Seite zu haben.

„Ha", dachte ich triumphierend. „Noch ein Punkt auf meiner Dankbarkeitsliste". Vielleicht könnte ich mir doch vorstellen, mich in Zukunft häufiger solch alltäglichen Freuden bewusst zu machen und mich dafür wo auch immer zu bedanken. „So schaffst du es, auf Dauer mehr Positivität in dein Leben zu ziehen", hörte ich Pippas Stimme.

„Fraaaau Coooonrad", ertönte es aus dem Klassenraum hinter mir. Die Stunde begann.

Während ich auf dem Weg zum Lehrerzimmer in die große Pause war, hätte ich meinen Termin mit Frau Helmsohn fast vergessen, wenn ich nicht am Büro der Schulleiterin vorbeigekommen wäre.

„Frau Conrad, kommen Sie herein", begrüßt sie mich. Nachdem ich mich gesetzt hatte, seufzte Frau Helmsohn schwer und mir wurde schlagartig klar, dass jetzt weder eine Beförderung, ein Lob oder etwas anderes Erfreuliches folgen würde. Mir wird flau im Magen. Was ist denn um Himmels Willen passiert? Hatte ich etwas falsch gemacht? Hatten sich Eltern über mich beschwert? Das war in dem Stadtteil, in dem sich ihre Schule befand durchaus im Bereich des Möglichen.

„Sie wissen, wie sehr ich sie als Kollegin schätze, Frau Conrad", begann die Schulleiterin ernst. „Deswegen will ich auch gar nicht lange drumherum reden. Wie Sie wissen, herrscht im ganzen Land Lehrermangel. Überall werden händeringend Lehrkräfte gesucht und in unserer Stadt ist es besonders akut. Da wir als Schule demgegenüber noch gut aufgestellt sind, habe ich nun von der Behörde die Anweisung bekommen, eine Lehrkraft aus unseren Reihen an eine andere Schule in der Stadt abzuordnen, um dort zu unterstützen."

Mein ganzer Körper verspannte sich. „Und da ist die Wahl auf mich gefallen…" sagte ich mehr zu mir selbst als zu Frau Helmsohn.

Alle weiteren Worte und Ausführungen der Schulleiterin nahm ich nur noch wie durch Watte wahr. Nichts, was Frau Helmsohn erklärend, beschwichtigend oder aufmunternd an mich richtete, drang zu mir durch. Vor meinem inneren Auge tauchte das Bild einer Marionette auf, die ich zu sein schien und irgendetwas in meinem Kopf schrie ganz laut: „Stopp, Nora. So geht es nicht weiter".

3

„Schön, dass sie da sind. Kommen Sie herein, Frau Conrad." Ich war überrascht, dass mir eine Frau die Tür öffnete, die so gar nicht meinen Vorstellungen von jemandem entsprach, der mir nun meine wichtigsten Lebensfragen beantworten sollte. Auch wenn ich dem Ganzen nach wie vor skeptisch gegenüberstand, war ich neugierig geworden und hatte das Gefühl, irgendetwas unternehmen zu müssen, um meinem Leben eine neue Richtung zu geben.

Ich hatte in den vergangenen Tagen mehrere Telefonate mit der Schulbehörde geführt und vergeblich versucht, die Versetzung abzuwenden. Mit jedem weiteren verzweifelten Anruf starb meine letzte Hoffnung, die Entscheidung meiner Schulleitung, mich an eine andere Schule zu versetzen, noch anfechten zu können.

„Ich bin sicher, dass das Universum dir damit etwas sagen will", Pippas Einschätzung war wie immer esoterisch gefärbt. Nach einem Mädelsabend mit viel Wein, Pizza und Schokolade, hatte ich mich schließlich von ihrer Freundin überzeugen lassen und einen Termin bei der „Wunderfrau" vereinbart. Was hatte ich schon zu verlieren? So ging es einfach nicht weiter und ich hatte das Gefühl an einer Wegkreuzung zu stehen, an der ich dringend einen Wegweiser brauchte. Zu lange schon war ich „mit der Gesamtsituation unzufrieden“ und fühlte mich in einer Warteschleife gefangen, aus der ich endlich ausbrechen wollte. Während alle in meinem Freundeskreis mittlerweile eine mehr oder weniger glückliche Partnerschaft (wobei das „glücklich“ relativiert werden muss, weil einige Modelle dann doch so gar nicht meinen Vorstellungen entsprachen), eine Anzahl an Kindern und eine ansehnliche Wohnsituation vorweisen konnten, fristete ich nach gefühlten zig Jahren nach wie vor mein Single-Dasein und lebte in einer kleinen 2-Zimmer Wohnung im Westen der Stadt, in der ich mich zwar einigermaßen wohl aber immer noch wie mit zwanzig fühlte. Auch wenn ich mich alles andere als mit dem typischen „mein Haus, mein Mann, mein Kind“- System identifizieren konnte, so wünschte ich mir doch schon lange „mehr“. Mehr als das, was ich bisher in Sachen Partnerschaft und Wohnsituation erreicht hatte.

Mein Job als Lehrerin war dabei noch das einzige, worauf ich einigermaßen stolz war und was mir Halt, Zuverlässigkeit und meinem Leben eine Konstante gab. Das Gefühl, dass mit der „Zwangsversetzung“ nun auch dieser Pfeiler ins Wanken geriet, setzte meiner Unzufriedenheit die so genannte Krone auf.

„Vielleicht sollte ich mich mal von meinen Vorurteilen verabschieden“, dachte ich, während ich der Dame durch einen langen Flur folgte. In meinen Vorstellungen hatten „Wahrsagerinnen“ lange Haare, eine Warze im Gesicht und trugen wallende Kleider. Frau Engel hingegen war kaum älter als ich und ähnelte mit ihrem kinnlangen Haar und einer schwarzen Statement-Brille einer Schauspielerin, die ich sehr mochte.

Wir betraten einen hohen, hell eingerichteten Raum, mit hochwertigem Holzfußboden, der bei jeder Bewegung wunderbar knarzte. Vor dem bodentiefen Fenster standen zwei helle Polstersessel mit einem kleinen Tischchen in der Mitte. Eine Vase mit bunten Wiesenblumen, sowie eine Karaffe mit Wasser und zwei Gläsern standen einladend darauf. Das Sonnenlicht, das in diesem Moment durch die Fenster fiel, färbte den Raum fast golden. Alles wirkte freundlich und derart aufeinander abgestimmt, dass es auch auf ein Schöner-Wohnen-Cover passen könnte. Mein Innendesign-Herz hüpfte.

„Setzen Sie sich, was führt Sie zu mir?" durchbrach Frau Engel nun mein Staunen und wies auf den noch freien Lounge-Sessel ihr gegenüber.

Ich ließ mich in den Sessel sinken und wusste plötzlich nicht mehr, was ich eigentlich sagen sollte. In meinem Kopf herrschte Chaos und meine Gedanken wuselten herum.

Während ich noch verzweifelt nach den richtigen Worten und „der" Frage suchte, stand Frau Engel auf, ging zu einem Schreibtisch, der an der gegenüberliegenden Seite stand und kam mit einem Deck Karten zurück.

„Hier, mischen Sie diesen Stapel bitte." Etwas verunsichert nahm ich die Karten entgegen und begann, sie zu mischen.

„Oftmals sind Klienten am Anfang zu blockiert, um sich zu öffnen. Tarotkarten helfen dabei, einen Einstieg zu finden. Das Kartenlegen kann dazu beitragen, die eigenen Gedanken und Emotionen zu reflektieren und zu verstehen. Es kann auch helfen, Probleme und Herausforderungen zu identifizieren und neue Wege zu finden, um damit umzugehen."

„Ehrlich gesagt, ist mein gesamtes Leben mein Problem. Ich möchte dringend wissen, was ich tun kann, um an einem Ort, mit einem Menschen und einem Job glücklich zu werden".

Frau Engel lehnte sich in ihrem Sessel zurück und lächelte. „Ziehen Sie nacheinander bitte sieben Karten und legen Sie sie vor sich hin".

War ja klar, dass ich die „Karte des Todes" ziehe, dachte ich, als ich an der Ampel stand und darauf wartete, dass diese auf grün sprang. Ich fühlte noch das Unbehagen, das in mir aufstieg, als ich die Karte aufdeckte. Aber Frau Engel erklärte mir, dass die Karte nicht zwangsläufig den Tod eines lieben Menschen ankündige, sondern viel mehr für einen Neuanfang stünde und zeigte, dass etwas zu Ende gehen würde, damit etwas Neues beginnen könnte.

„Sie werden nicht das bekommen, was sie möchten, sondern das, was Sie brauchen", hallten Frau Engels Worte nach.

„Hmm, also so wirklich positiv klingt das alles nicht" ist mein erstes Fazit. Der Klingelton meines Handys riss mich aus meinen Gedanken. Erleichtert nahm ich das Gespräch an. Als hätte sie einen siebten Sinn, (Pippa war davon überzeugt, dass sie diesen besaß), war auf sie mal wieder Verlass.

„Hey Süße, wie wars? Gibt es neue Erkenntnisse?" schallte es aus der Freisprechanlage meines Autos.

„Wie soll das denn genau aussehen, wenn ich hier alles abbreche und irgendwo anders lebe?“ sprudelte es aus mir heraus. „Und was soll ich denn ohne dich tun?“

„Nun mal der Reihe nach. Du bist ja ganz aufgewühlt.“

„Ja, ich muss das auch erst einmal für mich sortieren. Fest steht, dass es in meinem Leben scheinbar eine entscheidende Veränderung, einen spürbaren Einschnitt gibt“, erzählte ich. „Du weißt ja, dass ich immer skeptisch bin, aber Frau Engel hatte schon eine besondere Ausstrahlung und etwas an sich, was ich so bisher nicht kannte. Die Sitzung bei ihr hat mir gezeigt, dass ich mich von den Dingen verabschieden sollte, die sich in meinem Leben nicht mehr gut anfühlen, um Platz für etwas Neues zu schaffen.“

„Das klingt doch super spannend und positiv“, fand Pippa. „Jetzt müssen wir uns nur noch überlegen wie dieser Neuanfang aussehen kann! Oder hat Frau Engel dir das auch gesagt?“

„Als ich die Frage gestellt habe, wie es beruflich jetzt für mich weitergehen soll, habe ich die Karte „Der Narr“ gezogen“. Laut Frau Engel steht die Karte für Leichtsinn und unbeschwerte Lebenslust und das meint, dass ich der Situation mit mehr jugendlicher Neugier und Unbekümmertheit begegnen soll. Weißt du, was mir plötzlich in den Sinn kam?“ Den Gedanken hatte ich vorhin wieder weggeschoben, traute mich aber jetzt, ihn auszusprechen und diese Option wirklich in Erwägung zu ziehen.

„Nee, sag!“

„Ich habe überlegt, dass die Sommerferien ja demnächst anstehen und ich vielleicht danach…“

„dein schon so lang geplantes Sabbatjahr endlich antreten sollst?!“ führte sie meinen Satz fort. „Na klar, Nora! Wieso sind wir da nicht gleich draufgekommen?“ Pippa war begeistert. „Marc ist heute Abend mit Freunden unterwegs, komm doch mit Mina später zu mir und wir schmieden einen Plan! Ich habe da auch schon eine Idee!“

„Wir sind um 20 Uhr da.“

Ich fühlte mich befreit und empfand plötzlich fast so etwas wie Hoffnung und Vorfreude. Lächelnd trat ich aufs Gaspedal und drehte die Musik im Radio laut.

4

„Wir beide ab nächsten Monat an der Nordsee, Mina! Wie klingt das?“ Ich schmiss mich rücklings aufs Bett. Mina, die das als Aufforderung zum Spiel verstand, sprang schwanzwedelnd hinterher und versuchte mir einen Hundekuss zu geben. „Bah, Mina, nicht ins Gesicht!“

Lachend schob ich Minas Schnauze zur Seite und nahm meine kleine Hündin in den Arm. Ich konnte das alles noch gar nicht richtig glauben.

Pippa hatte mir durch eine Bekannte ein Zimmer in einem kleinen Ort an der Nordsee vermittelt, wo ich für die nächste Zeit bleiben konnte. Marion führte eine kleine Pension und hatte angeboten, dass ich bei ihr wohnen könnte, wenn ich ihr als Gegenleistung bei der Gästebewirtung unter die Arme greifen würde.

„Das klingt fast wie in einem `Rosamunde Pilcher`-Film“, war mein skeptischer Kommentar, als Pippa mir diesen Vorschlag machte. „Nur, dass dieser nicht in Cornwall, sondern bei Sankt-Peter-Ording spielt. Kann das klappen?“

„Naja, in diesen Schmonzetten wird doch meistens ein großes pompöses Anwesen geerbt und die männliche Komponente fehlt bisher auch“, hatte meine Freundin geschnauft. „Mensch, Nora, nun sei doch nicht immer so skeptisch, wenn das Leben es auch einmal gut mit dir meint. Die ganze Zeit bist du unzufrieden und sehnst dich nach Veränderung. Nun ergibt sich für dich eine super Möglichkeit, einmal rauszukommen und zu schauen, was das Leben sonst noch für dich zu bieten hat! Ich freu mich für dich und du solltest das auch tun! Außerdem: Manchmal wird der kleinste Schritt in die richtige Richtung zum größten Schritt des Lebens!“

Pippa hatte es am Ende wieder einmal geschafft, mich aus meinen Zweifeln und meiner Skepsis herauszuholen. Ich hatte ihr daraufhin noch einmal bescheinigt, mein persönlicher Konfuzius zu sein.

Nun saß ich auf dem Bett und schaute auf zwei aufgeschlagene Koffer und eine Reisetasche, die noch leer vor mir auf dem Boden lagen und darauf warteten, gefüllt zu werden.

Fünf Wochen war es nun her, dass ich bei Frau Engel die Karten gezogen hatte. Ich hatte etwas unterschätzt, wie viel Organisation es bedarf, mein Leben in Hamburg für unbestimmte Zeit aufzulösen, um es an einem anderen Ort fortzuführen. In den vergangenen Wochen war ich damit beschäftigt gewesen, bei der Behörde den Antrag für das Urlaubsjahr durchzusetzen, einen Zwischenmieter für meine Wohnung zu finden und gewisse Möbel und Klamotten einlagern zu lassen. Aber am Ende hatte sich alles irgendwie gefügt und bis auf das Kofferpacken und ein paar letzten Kleinigkeiten stand heute Abend nur noch das Abschiedsessen mit meinen besten Freundinnen aus.

Auch den gestrigen letzten Schultag hatte ich hinter mich gebracht. Die Entlassungsfeier der Viertklässler und der Abschluss des Schuljahres waren in diesem Jahr besonders emotional gewesen. Nicht nur die Viertklässler weinten aufgrund des Abschieds und des ihnen bevorstehenden Neuanfangs, auch ich war dankbar für meine große schwarze Sonnenbrille.

Seitdem ich denken konnte, wusste ich immer was kommt. Schule, Studium, Referendariat, Lehrkraftsein. Alles in meinem Leben verlief bisher immer in sicheren Bahnen, zumindest was den Beruf anging. Und nun wusste ich so gar nicht wirklich, was die nächste Zeit bringen würde.

Die Dankesrede der Eltern nahm ich eher abwesend wahr und auch zu den persönlichen Worten der Schulleitung empfand ich Distanz. Zu sehr hatte ich mich in den letzten Wochen mit dem mir bevorstehenden neuen Kapitel beschäftigt und mich diesem geöffnet. Damit hatte ich es auch geschafft, die doch leise an mir nagenden Zweifel, nicht gut genug und deshalb an eine andere Schule versetzt worden zu sein, wegzuschieben. Nichtsdestotrotz steckten die kindliche Traurigkeit meiner Schüler und Schülerinnen bei der Entlassungsfeier besonders an. So einte uns die Unsicherheit, was in den nächsten Monaten auf uns zukommen würde.

Als einer meiner Schüler mich zum Abschied besonders fest umarmte, war es mit meiner Fassung dann endgültig vorbei. Gerade von Samuel hatte ich diese Geste am wenigsten erwartet, so waren die letzten Jahre nicht immer ganz leicht für ihn gewesen. Ich hatte zahlreiche

Elterngespräche geführt und es gab etliche Versuche, das Verhalten dieses Jungen mit unterschiedlichen Methoden positiv zu beeinflussen. Die Umarmung und das leise Schluchzen dieses Jungen vermittelten mir aber am Ende eine so wertvolle Dankbarkeit und das versöhnliche Gefühl, doch etwas richtig gemacht zu haben. Meine Selbstzweifel verblassten und bestärkten mich schließlich in der Erkenntnis, dass die Erziehungsarbeit, so steinig sich diese auch gestaltete, das Wertvollste an der Arbeit als Lehrkraft war.

Und während ich sonst in den vergangenen Jahren immer noch beim alljährlichen Anstoßen mit den Kollegen und Kolleginnen im Lehrerzimmer versackt war, hatte ich mir dieses Mal einfach Mina geschnappt und war mit ihr den Wald gefahren. Schließlich begann nun mein Sabbatjahr oder wie Pippa es getauft hatte: „mein Neuerfindungsjahr". Nur von zwei meiner Lieblingskolleginnen hatte ich mich persönlich verabschiedet. Hella und Jana waren mir in dieser Schule besonders ans Herz gewachsen und mit ihnen war im Laufe der letzten Jahre eine kollegiale Freundschaft entstanden. Die beiden waren mit der Entscheidung der Schulleitung auch so überhaupt nicht einverstanden gewesen und hatten sich ebenfalls als kleinen stummen Protest geweigert, an der kollegialen Zusammenkunft im Lehrerzimmer teilzunehmen. Die beiden hatten für mich zum Abschied ein kleines Survival-Kit zusammengestellt und in einem Körbchen allerlei „Nützliches", wie Sudokus gegen Langeweile, einen Piccolo-Sekt, Taschentücher und eine Tasseschokolade gegen Heimweh zusammengepackt. Wir verabredeten uns, in Kontakt zu bleiben und sie versprachen, mich in Zukunft mit Klatsch und Tratsch-Updates aus der Schule zu versorgen.

Am Abend saßen wir zu dritt um den großen Vintage-Esstisch in meinem Wohnzimmer.

Unsere berühmte Mädelsabend-Playlist lief leise im Hintergrund und der Tisch war übersät mit leeren Sushi-Kartons.

Ich werd′ euch so vermissen!" Ich kämpfte mit den Tränen.

„Mensch, Süße, du bist doch nicht aus der Welt! Ein Anruf und ich setz′ mich ins Auto! Versprochen!" Pippa fand wie immer die passenden Worte.

„Pass mal auf, du wirst dich da in deiner Nordsee-Idylle bald vor Besuchern nicht mehr retten können und froh sein, mal deine Ruhe zu haben!" Claire legte einen Arm um mich. Als Nachbarin hatte ich Claire in den letzten Jahren besonders zu Schätzen gewusst. Insbesondere in Pandemiezeiten und den strengen Ausgangsbeschränkungen hatten wir fast jeden Abend – sofern es das Wetter und Claires Schichten zuließen - Balkon an Balkon gesessen, und uns bei einem Glas Wein kennen- und lieben gelernt. Claire war Krankenschwester und hatte in diesen turbulenten Zeiten Großes geleistet. Ihr Einsatz und ihre Berichterstattung über ihren Alltag im Krankenhaus hatten mich tief beeindruckt.

„Noch Wein?" Claire stand auf und schenkte allen nach. „Weißt du denn schon genau, was du mit deiner freien Zeit dort machen willst?"

„Ich freue mich ehrlicherweise genau darauf, genau das erst einmal nicht zu wissen und zu planen“. Ich schaute unsicher in die Runde. „Zu naiv?“

„Nö, kann ich total verstehen“, sagte Pippa“, vermutlich wirst du in der ersten Zeit damit beschäftigt sein, dich einzuleben und dort alles kennenzulernen. Außerdem wird Marion, so wie ich sie kenne, schon dafür sorgen, dass bei dir keine Langweile aufkommt! Da mache ich mir keine Gedanken.“

„Ich engagiere dich auch gern als meine persönliche Interieur-Designerin. Du hast echt ein Händchen für Inneneinrichtung. Seitdem ich das letzte Mal hier war, hast du doch schon wieder etwas verändert oder?“ Claire schaute mich fragend an.

„Freut mich, dass es dir gefällt. Ich liebe es, meine Wohnung schön einzurichten. Das war schon immer so. Es fällt mir auch nicht so leicht, das alles hier einfach so zu verlassen.“

„Ach Süße, du wirst es mit Sicherheit auch schön haben an der Nordsee! Und zusätzlich ist es vor deiner Haustür dann ebenso ansprechend“, redete Pippa mir gut zu. „Marion hat ihre Strandbude wirklich schön eingerichtet. Das wird dir gefallen.“

Pippa lehnte sich in ihrem Stuhl zurück und streichelte ihren Bauch. „Wow, Mädels, ich bin so satt! Ich glaube ich brauche ein bisschen Bewegung: Achtung, Verdauungstanz!“

Sie stand auf und hüpfte durch die Wohnung.

„Mach mal lauter, das Lied mag ich!“

Wir lachten, während Pippa ihren Verdauungstanz aufführte. Ich stellte das Lied lauter und der Raum füllte sich mit einem mitreißenden Rhythmus. Schließlich standen auch Claire und ich auf und wir tanzten alle ausgelassen durchs Wohnzimmer.

Während meine beiden Gäste zum nächsten langsamen Song tanzten, ließ ich den Moment auf mich wirken.

„Vielen Dank, dass es euch gibt!" murmelte ich selig. Eine Welle der Dankbarkeit überkam mich.

„Was hast du gesagt?" brüllte Pippa gegen die Musik. „Die Musik ist so laut!"

Lachend ging ich zu meinen Freundinnen und umarmte beide. „Ich bin so dankbar, dass ich euch habe."

In dem Moment kam auch Mina schwanzwedelnd angelaufen, sprang an mir hoch und komplettierte das Bild.

Ich zückte mein Handy und versuchte, diesen Moment mit einem Selfie festzuhalten. Mehrere Versuche und einige Lachanfälle später waren wir Mädels inklusive Mina auf dem Foto vereint.

„Das Bild drucke ich mir auf jeden Fall aus und hänge es da hin, wo ich es jeden Tag gut sehen kann!"

„So Mädels, bevor es jetzt noch rührseliger und kitschiger wird, gehe ich lieber rüber. Ich höre mein Bett schon laut nach mir rufen!" Claire nahm den letzten Schluck aus ihrem Glas und schnappte sich ihre Lederhandtasche.

„Puh, schon so spät? Ich schließe mich dir an. Mach's gut Süße und grübel' nicht so viel!"

Nachdem beide gegangen waren, setzte ich mich noch allein an meinen Küchentisch und schaute mit einer Mischung aus Aufregung und Melancholie auf das entstandene Foto. Ich wusste, dass mir ein neues Kapitel im

Leben bevorstand und war dankbar für meine Freundschaften, die mich dabei begleiten würden.

5

„In 800 Metern links abbiegen. Das Ziel befindet sich auf der rechten Seite", ertönte die Stimme des Navigationssystems. Wie mir Marion am Telefon beschrieben hatte, lag die Pension „Strandbude" am Ende einer Sackgasse.

Mina, die die ganze Fahrt lang geschlafen hatte, wurde munter und lief wie immer, wenn sich das Auto verlangsamte, aufgeregt auf dem Rücksitz hin und her. In meinem Bauch begann es zu kribbeln. Ich war nervös, was mich nun erwarten würde. Schließlich erreichte ich das etwas in die Jahre gekommene, aber durchaus gemütlich aussehende Reetdachhaus am Ende der „Dünenstraße".

„Das ist es also", dachte ich und parkte das Auto am Straßenrand. Als ich ausstieg, wehte mir ein frischer Windstoß die Haare ins Gesicht. In der Ferne kreischten die Möwen und es roch nach Meer. Auch wenn ich bereits mehrfach in Sankt Peter Ording war, wurde ich noch nie so charakteristisch empfangen wie jetzt. Vielleicht war ich aber auch nie so bewusst in meiner Wahrnehmung gewesen – schließlich sollte dieser Ort nun zu meinem neuen Zuhause werden. Lächelnd befreite ich Mina vom Rücksitz. Das Hundemädchen fing sofort an zu schnüffeln und lief entlang des Friesenwalls in Richtung Gartenpforte.

Das Reetdachhaus war von einer Vielzahl von Pflanzen umgeben, die fast den Eindruck vermittelten, das Gebäude einzurahmen. Blühende Hortensien in Weiß und Blautönen schmückten den Garten und wuchsen entlang des Weges bis zur Haustür. Die typischen Heckenrosen zierten den Steinwall und schwankten aufgeregt im Wind.

Ich betrachtete die Strandbude mit einem skeptischen Blick. Das reetgedeckte Haus wirkte etwas in die Jahre gekommen, strahlte aber zugleich eine rustikale Gelassenheit aus. Die Fassade, in einem sanften Grau gestrichen, war von Jahrzehnten des Windes und der Meeresluft gezeichnet und bröckelte an der einen oder andere Stelle. Die weißen Holzfenster passten zum traditionellen Küstencharme, konnten aber ebenso einen neuen Anstrich vertragen.

Beim Schild mit der Aufschrift „Strandbude – Frühstückspension“, das über der Eingangstür hängt, meldete sich mein innerer Monk, da die Halterung an einer Stelle aus der Verankerung gerissen war und dadurch leicht schief stand. Neben der Haustür, die auf den ersten Blick eher für weniger groß gewachsene Menschen geeignet war, stand eine weiß gestrichene Sitzbank, auf der eine getigerte Katze gerade konzentriert ihre Pfötchen leckte. Als Mina sie entdeckte, lief sie schwanzwedelnd darauf zu und versuchte, die Aufmerksamkeit auf sich zu ziehen. Gänzlich unbeeindruckt führte das Fellknäuel seine Fellpflege fort und Mina ließ schließlich von ihr ab.

In diesem Moment öffnete sich die Haustür und eine Frau schätzungsweise Mitte fünfzig mit gräulichen Locken und einem Aktenordner unter dem Arm trat heraus.

„Hallo, ich bin Nora, und Sie sind sicher Marion!?" sagte ich freundlich und streckte ihr die Hand entgegen.

„Ja, das schon. Ich hab´ jetzt aber gar keine Zeit, ich muss zu einem Termin", unterbrach mich die Frau forsch und eilt an mir vorbei. „Du kannst dir alles angucken. Dein Zimmer ist oben. Möwennest."

Sprachlos schaute ich der Frau hinterher.

„Was war das denn? Also ein herzliches Willkommen sieht anders aus", dachte ich irritiert. Entweder Marion war wirklich in Eile oder es gab einen Notfall oder die Besitzerin der Strandbude war von Natur aus unhöflich und schroff. Enttäuschung stieg in mir auf und mein anfänglicher Neuanfangs-Enthusiasmus verflog schneller, als ich nach „Mina" rufen konnte.

Sofort machten sich wieder Zweifel breit. „Auf so einen Hausdrachen habe ich echt keine Lust. Vielleicht ist das alles hier auch eine totale Schnapsidee" sagte ich halb zu mir selbst, halb zu meiner Hündin, die sich vor mich gesetzt hatte und mich fragend anschaute. „Na dann komm, Mina, wir gucken uns jetzt erst einmal in Ruhe um."

Ich öffnete die Tür zur Strandbude und wurde wider Erwarten von einer einladenden und heimeligen Atmosphäre begrüßt. Der Eingangsbereich war mit maritimen Elementen geschmückt. An den Wänden hingen Fotografien von Segelbooten und Strandimpressionen, auf dem Empfangstresen lagen Muschelobjekte und

Strandfunde. Alles wirkte wirklich geschmackvoll und nicht überladen und ich war erneut leicht irritiert. Dieser friedliche und freundliche Eindruck wollte so gar nicht zu der schroffen Begegnung mit Marion passen.

Schräg hinter dem Empfangstresen führte eine Holztreppe in das obere Stockwerk. Auch an den Wänden im Treppenaufgang hingen Fotografien mit Meereslandschaften und maritimen Motiven. Eins der Bilder, das mit einer Drohne aufgenommen sein musste, zeigte die schier endlose Weite vom Strand. Bei näherem Hinsehen entdeckte ich auf dem Foto eine Person, die an der Wasserkante steht. Ob das Marion war? Hat irgendwie was von „Lonesome Cowgirl", kam mir in den Sinn.

Bevor ich mich unten weiter umschaute, zog es mich nach oben. Ich will unbedingt erst mein eigenes Zimmer sehen. Wenn mir das ebenso wenig zusagte, wie der Auftritt ihrer unfreundlichen Gastgeberin, dann brauchte ich schließlich gar nicht erst auszupacken.

Die Stufen der Treppe knarzten heimelig, als ich weiter hinaufstieg, Der Flur oben war mit naturfarbenen Sisalteppich ausgelegt, den das einfallende Licht vom gegenüberliegenden Fenster golden färbte. Der Geruch von Holz und den Naturfasern des Fußbodens stieg mir in die Nase. Vom Flur gingen beidseitig jeweils zwei Türen in die Gästezimmer ab. Leuchtturmzimmer, Kapitänskajüte, Ankerplatz las ich auf den Türen der Zimmer. Jetzt verstand ich, was Marion mit „Möwennest" gemeint hatte.

Das ist meins, dachte ich und öffnete die Tür. „Oh. Schön!" platzte es aus mir heraus und ich bemerkte, wie sich meine Anspannung löste und einer gewissen

Erleichterung wich. Das Zimmer war wie der Rest des Hauses in hellen Farben gehalten. Die Wände waren in einem warmen Weiß-beige gestrichen und tauchten das Zimmer in ein angenehmes Licht. Dazu passten die weißen Möbel und Akzente in geschmackvollem Blau. An der rechten Wand stand ein großzügiges Bett, auf dem sich viele Kissen türmten und das Ganze einladend und gemütlich machten. Davor lag ein kuscheliges Lammfell als Teppich, das Mina sofort aufgeregt beschnüffelte. Das Highlight des Zimmers allerdings war zweifellos das große Fenster mit Blick auf die Wiesen und die Weite der Landschaft.

Außerdem befanden sich auf der linken Seite neben einem Schrank noch ein kleiner Schreibtisch sowie ein bequemer Ohrensessel.

„Na, hier könnten wir uns doch wohlfühlen, oder Minchen?" Ich beugte mich herunter und kraulte meiner Fellnase die Ohren. Bevor ich meine Sachen aus dem Auto holte, wollte ich zunächst mit Mina eine Gassirunde drehen und mich gleichzeitig auch etwas in der Gegend umsehen. Darüber hinaus hinderte mich auch die abweisende Haltung von Marion noch daran, auszupacken und wirklich anzukommen.

Nachdem ich mit Mina eine ausgiebige Gassirunde in den Feldern gedreht hatte und gerade zurück in die Dünenstraße bog, wurde ich von einem Auto überholt, das mir irgendwie bekannt vorkam. Ich beobachtete, wie das Auto am Ende der Straße verlangsamte und schließlich auf dem Parkplatz der Strandbude einparkte. Das muss Marion sein, dachte ich und erinnerte mich gleich darauf an den alten dunkelroten Golf, mit dem sie vorhin weggebraust war.

Als ich mit Mina die Strandbude erreichte, war Marion schon im Haus verschwunden. Ich ließ Mina von der Leine und betrat den Eingangsbereich der Pension. Marion stand hinter dem Empfangstresen, schaute aber nicht auf, als wir hereinkamen. Unsicher trat ich näher. „Hallo noch einmal. Wir sind zurück von der Gassirunde."

Nun hob Marion den Blick von den Unterlagen und schaute mich kurz an, bevor sie die Augen wieder auf ihre Arbeit richtete. Ihre Miene wirkte immer noch versteinert und sie schien nicht wirklich daran interessiert zu sein, ein Gespräch zu beginnen.

Ich wusste nicht recht, was ich mit Marions Reaktion oder eher mit ihrer nicht vorhandenen Resonanz anfangen sollte, wollte aber nicht gleich aufgeben und versuchte es weiter. „Ich habe mir mein Zimmer oben schon angeschaut. Es ist wirklich richtig schön vor allem mit dem tollen Blick auf die Wiesen."

Marion nickte knapp, ohne aufzublicken. „Schön, dass es dir gefällt."

Super, immerhin eine Reaktion. Auch das „du" fiel mir auf und ich fragte mich, ob ich das als positives und zugewandtes oder eher negatives, abschätziges Zeichen werten konnte.

„Ich habe eben eine wirklich schöne Runde in den Feldern gemacht", versuchte ich es weiter und hoffte, dass ich Marion mit meiner Freundlichkeit überzeugen konnte. „Mina liebt es hier und ich auch. Die Nordseeluft ist wirklich herrlich."

Marion schien kurz zu überlegen, bevor sie antwortete: „Ja, die Luft hier ist erfrischend. Aber sei vorsichtig, das Wetter kann hier draußen manchmal schnell umschlagen. Man muss sich auf alles vorbereiten."

„Ja, ich verstehe, was Sie meinen und werde darauf achten", antwortete ich und verkniff mir den Hinweis, dass ich nicht das erste Mal an der Nordsee war und mich auch als gebürtige Norddeutsche damit durchaus etwas auskannte.

„Ich würde dann meine Sachen einmal nach oben bringen und mich etwas einrichten. Soll ich danach runterkommen und wir besprechen, wie ich hier am besten zur Hand gehen kann?"

„Ich muss gleich noch einmal weg. Momentan habe ich keine Gäste. Die reisen erst am Wochenende an. Ich sag dir dann, was du tun kannst."

Auch diese Worte sprach Marion ohne jegliche Herzlichkeit und ich beschloss es jetzt erst einmal dabei zu belassen. Ich hatte zumindest ein paar Infos bekommen. Und irgendwie freute ich mich auch darüber, dass ich die beiden nächsten Tage für mich hatte, um erst einmal richtig anzukommen und mich etwas einzuleben.

Während ich zum Auto ging, um meinen Koffer zu holen, kündigte das bekannte Plopp-Geräusch meines Handys eine neue Nachricht an.

„Na, wie ist es??" schrieb Pippa. Ich lächelte und begann eine Antwort zu tippen: Hey Süße, bin gut angekommen. Hier ist es…

Hm, ja wie war es denn? Ich stockte und löschte den angefangenen Satz. Ich wollte auf keinen Fall alles gleich schlecht machen und undankbar wirken. Außerdem hatte Marion vielleicht auch nur einen schlechten Tag und schließlich war ich noch nicht mal einen Tag da. Also schrieb ich: „Hey Liebes! Schön von dir zu hören. Die Pension ist richtig schön und Mina und ich haben gerade etwas die Gegend erkundet."

Damit hatte ich schließlich nicht gelogen.

6

9:17Uhr. Mein erster Griff ging wie immer zum Handy, das mir fast aufdringlich die Uhrzeit anzeigte.

Hatte ich wirklich so lang geschlafen? In Hamburg wurde ich morgens von den Geräuschen der Großstadt geweckt, während die Stille hier beinahe hörbar war.

Das hatte mein Körper wohl gebraucht, nachdem ich gestern Abend lange wach gelegen und nur schwer in den Schlaf gefunden hatte. Immer wieder kreisten meine Gedanken um die Begegnung mit Marion und darum, ob ich meine Auszeit, die ja „meine Zeit“ werden sollte, bei jemandem mit einer so kühlen und abweisenden Art verbringen wollte. Konnte ich mich hier wohlfühlen? Irgendwann weit nach Mitternacht muss ich dann eingeschlafen sein.

Ich schwang die Beine aus dem Bett und trat ans Fenster. Ich zog die Vorhänge zur Seite und öffnete beide Fensterflügel. „Hallo Welt“, murmelte ich lächelnd. Das helle Tageslicht und die unvergleichlich frische Luft wirkten wie ein Wachmacher. Ich schlüpfte in Leggings und Hoodie und band die Haare zu einem schnellen Dutt. Mina wuselte schon aufgeregt und freudig um mich herum. Sie wusste schließlich, dass Frauchens erster Gang am Morgen ihr gehörte.

Als ich die Treppe herunterstieg, hörte ich leises Geschirrklappern, das aus der Küche zu kommen schien. Da mir aber noch so überhaupt nicht nach einer weiteren Begegnung mit Marion war, beeilte ich mich und verließ rasch und beinahe geräuschlos das Haus. Ich hatte das dringende Bedürfnis erst einmal richtig wach zu werden und für mich zu sein.

„Guten Morgen ihr beiden", grüßte Marion überraschend zugewandt, als ich nach der Morgenrunde mit Mina die Küche betrat. Ihr Blick war heute etwas weniger abweisend, was mich sofort entspannte. Marion stand an einem Küchenblock in der Mitte des Raumes und blätterte in der Zeitung. Passend zum Rest der Pension strahlte die Küche in Weiß- und Beigetönen gehalten eine gemütliche Atmosphäre aus. Über der Arbeitsplatte aus dunklem Holz hingen einige rustikale Regale, auf denen kupferne Töpfe und Pfannen sowie Geschirr aus Keramik standen.

Von der Küche aus ging es in einen kleinen Speiseraum, in dem einige wenige Tische standen, die mit einer beigen Leinentischdecke bedeckt waren. Das Ganze wirkte wirklich geschmackvoll und ich freute mich richtig über dieses ansprechende Ambiente.

„Guten Morgen, was für eine herrliche Gegend. Nun knurren uns beiden aber die Mägen", antwortete ich und füllte Minas Trockenfutter in den Napf. Die kleine Hundedame setzte sich brav und wartete auf meine Freigabe. Ein Kopfnicken von mir reichte als Kommando aus.

„Ihr beide seid ein eingespieltes Team“, sagte Marion fast anerkennend.

„Wie magst du deinen Kaffee?“ Marion deutete auf den Kaffeevollautomaten. „Ich frühstücke morgens nicht, du kannst dich aber einfach an allem bedienen. Müsli, frisches Brot, Obst habe ich ausreichend da.“

Wow, war das dieselbe Marion von gestern, die mir heute so zugewandt und gastfreundlich gegenüberstand?

„Danke dir, ich trinke meinen Kaffee nur mit einem Schuss Hafermilch.“

„Sowas habe ich hier nicht. Dafür musst du selbst sorgen.“

„Ja, klar. Das erwarte ich auch gar nicht. Ich werde später in den Ort fahren und ein paar Dinge besorgen“, erwiderte ich schnell.

Und das war es dann scheinbar auch wieder mit dem Ausflug in die Nettigkeit, dachte ich. Vielleicht sollte ich später doch einmal Pippa nach dieser Launenhaftigkeit von Marion fragen. Irgendetwas wollte hier nicht so richtig zusammenpassen.

In diesem Moment klingelte Marions Handy und ich war fast dankbar, dass die plötzlich wieder so merkwürdig angespannte Situation dadurch unterbrochen wurde.

Während ich wartete, bis der Kaffee aus der Maschine in den Becher lief, hörte ich Marion mit angespannter Stimme leise im Nebenraum sprechen.

Diese Frau gab mir weiterhin Rätsel auf. Was steckte hinter dieser schroffen Art, die irgendwie so wenig zu dem passen wollte, was ich bisher in der Strandbude wahrgenommen hatte und was Marion auf den ersten

Blick ausstrahlte. Alles war so liebevoll gestaltet und die Atmosphäre, die in der Pension herrschte, war geprägt von Gastfreundschaft und Herzlichkeit. Ich fragte mich, ob Marion vielleicht irgendetwas belastete, was ihre verschlossene und abweisende Haltung erklären konnte.

Ich beschloss, die Dinge erst einmal ruhen zu lassen und den noch freien Tag zu nutzen, um an den Strand zu fahren. Dort würde ich mit Mina einen ausgiebigen Spaziergang machen und dann auf dem Rückweg ein paar Dinge besorgen. Ich trank den Rest des Kaffees und stellte den benutzten Becher in die Spülmaschine. Auf dem Weg nach oben hörte ich Marion nach wie vor telefonieren. Einzelne Wortfetzen wie „ich tu ja was ich kann" und „bitte geben Sie mir noch ein wenig Aufschub" waren zu verstehen und ich fühlte mich bestätigt in meinem ersten Impuls, dass Marion Probleme zu haben schien, die sie belasteten. Um nicht unnötig zu lauschen, beeilte ich mich, nach oben in mein Zimmer zu kommen und Marion ihre Privatsphäre zu lassen.

„Aua!" Als ich nach einer ausgiebigen Dusche aus dem angrenzenden Bad zurück ins Zimmer kam, stieß ich mit dem Fuß gegen den aufgeschlagenen Koffer. Stöhnend rieb ich mir den schmerzenden Zeh. Beim Anblick meines Koffers dachte ich darüber nach, dass es sich für mich hier noch sehr nach Urlaub anfühlte. Schließlich hatten meine Kollegen und Kolleginnen auch gerade noch Ferien und es war sicherlich nur eine Frage der Zeit, wann ich das eine oder andere Kind meiner Schule an diesem Urlaubsort antreffen würde. Ich nahm mir vor, zu allererst meinen Koffer auszupacken und mich etwas häuslicher einzurichten, damit sich dies mehr nach einem „Zuhause" anfühlen konnte. Kleidung packte ich in die Kommode und klemmte das Selfie, das beim Abschiedsessen mit den Mädels entstanden war, an den großen Spiegel, der darüber hing. Beim Anblick der drei grinsenden Mädels auf dem Bild musste ich daran denken, dass Claire uns noch belehrt hatte, dass das eigentlich gar kein „Selfie", sondern ein „Unsie" war und dass man das doch wissen müsse, spätestens seitdem die zweite Staffel der Serie Ted Lasso lief. Diese Wissenslücke würde sich sicherlich bei dem einen oder anderen Regentag hier schließen lassen, dachte ich und legte mein Ipad auf das Nachtschränkchen neben meinem Bett.

Mittlerweile knurrte mein Magen nicht mehr, sondern brüllte allmählich und ich beschloss, auf dem Weg zum Strand beim Bäcker zu halten. Irgendwie war es mir unangenehm, mich in Marions Küche einfach so zu bedienen, auch wenn wir im Vorfeld abgesprochen hatten, dass ich als Gegenleistung für die Mitarbeit in der Pension eine kostenfreie Unterkunft und Verpflegung erhalten würde. Bisher waren aber noch gar keine Gäste da, bei denen ich Marion zur Hand gehen konnte und der Spruch von vorhin wirkte in mir noch nach. Wenn ich eins nicht gut ertragen konnte, dann das Gefühl, jemandem zur Last zu fallen, unverschämt oder gar dreist zu wirken. Also schnappte ich mir meine Tasche und pfiff nach Mina, die bis jetzt donutartig eingedreht in ihrem Hundekörbchen lag. Was für ein tolles Gefühl, dass eine kurze Autofahrt ans Meer ab jetzt zu meinem Alltag gehören sollte.

Kurz vor dem Kreisel in Richtung „Strandparken“ fuhr ich am „Beachhouse“ vorbei, einem hippen Surfer-Hotel, das mit seinen Holzveranden und tiefen Fenstern an die Strandhäuser der US-Ostküste erinnerte. Sofort fiel ihr eine Anekdote ein, die für mich zu den Top 10 meiner persönlichen Serie „Voll daneben - Geschichten aus dem Dating-Dschungel“ gehörte. Ich hatte damals eine kleine geheime Liaison mit meinem Schulleiter und war mit ihm übers Wochenende in ebendieses Hotel gefahren. Alles fühlte sich total romantisch an. Spaziergänge am Strand, Candle-Light-Dinner, tiefe Gespräche und viel Zeit im Hotelbett. Bis zum Check-Out am nächsten Morgen. Als es um die Bezahlung ging, trat meine Begleitung versucht unauffällig einen Schritt zurück, so dass mir nichts anderes übrigblieb, als meine eigene Kreditkarte über den Rezeptionstresen zu reichen und beglich wohl oder übel unsere gesamte Rechnung allein. Meine Hoffnung, dass er bestimmt gleich anböte, die horrende Rechnung (wir hatten noch so einige Drinks an der Hotelbar) zu teilen, starb schließlich, als er mir beim anschließenden Frühstück kommentarlos einen 20€-Schein unter den Teller schob. Während mein Stolz gewann, verlor ich meinen Appetit und ließ nicht nur den Geldschein, sondern auch das Brötchen auf meinem Teller liegen.

Mein Liebeslieben stand schon seit einiger Zeit unter keinem guten Stern. O-Ton Pippa: Alles kommt zur richtigen Zeit, sei geduldig und vertraue dem Fluss des Lebens. Ich wäre vermutlich schon das eine oder andere Mal verzweifelt, hätte Pippa mich nicht mit einem ihrer berühmten Sprüche wieder aufgebaut.

Ich stellte mein Auto ab, befreite Mina vom Rücksitz und machte mich mit einer vollen Bäckertüte und meiner Windjacke bewaffnet, auf in Richtung Meer. Mina flitzte begeistert auf dem Strand entlang und wetzte bellend hinter einem Schwarm wegfliegender Wattvögel hinterher. Einmal Jagdhund, immer Jagdhund, dachte ich.

Genüsslich biss ich von meiner Laugenbrezel ab. Während ich meinen Hunger stillte, wanderte mein Blick über die unendliche Weite der Nordsee. Die salzige Meeresluft umhüllte mich und ich atmete tief ein. Mina kam zurückgelaufen und setzte sich neben mich, in der Hoffnung, dass ihr ein Stück von meiner Brezel vor die Pfoten fiel.

Wie schön es hier ist. Ich ließ meine Gedanken schweifen und mich von der Natur in ihren Bann ziehen. „Alles kommt zur richtigen Zeit", hatte Pippa gesagt. Vielleicht musste ich einfach weniger nach einem Mann suchen oder mir Sorgen machen, dass ich niemanden finden würde. Vielleicht sollte ich einfach mehr im Hier und Jetzt sein, das Leben genießen und mehr darauf vertrauen, dass sich alles fügen würde. Das 'Hier und Jetzt` war immer mein Problem gewesen und ich hatte immer die Menschen in ihrem Umfeld bewundert, die es schafften, mehr den Moment zu genießen. Ich nahm mir wieder einmal vor, diesen Vorsatz mehr zu verfolgen.

Als ich zurück in die Strandbude kam, fühlte ich mich immer noch von der erfrischenden Zeit am Strand belebt. Auf dem Rückweg hatte ich einige Lebensmittel im Supermarkt besorgt, die ich nun im Kühlschrank verstauen wollte. Schwungvoll lief ich in die Küche und bemerkte erst beim Verräumen von Hafermilch, Käse, Joghurt und meiner heiß geliebten Nussschokolade, dass ich nicht alleine war und im Speiseraum jemand sprach. Ich erkannte Marions Stimme, die sich mit einem Mann unterhielt, der ihr nahezustehen schien.

„Julian, du bist nicht allein und ich bin und bleibe immer an deiner Seite. Aber du solltest auch versuchen nach vorn zu blicken."

„Da weiß ich ja, aber das Ganze ist erst vier Monate her. Ich brauche Zeit", antwortete der Mann, der offensichtlich Julian hieß, mit belegter Stimme.

„Ich verstehe, dass du trauerst. Aber du darfst dich nicht in deinem Schmerz verlieren. Wir haben Verantwortung und müssen uns unseren Problemen stellen".

„Wenn ich es könnte, würde ich dir sofort alles zurückgeben", sagte Julian leise.

Während ich mich bemühte, die Kühlschranktür leise zu schließen, um mich möglichst unauffällig wieder nach oben in mein Zimmer zurückzuziehen, stieß ich gegen eine Wasserflasche, die gemeinsam mit einem Trinkglas auf der Arbeitsplatte stand. Mit lautem Getöse kippte die Flasche um, rollte bis zur Kante und zersplitterte schließlich auf dem Küchenboden.

„Nora, bist du das?"

„Entschuldige, ich wollte nicht stören". Ich löste mich aus meiner Starre und ging vorsichtig in den Speiseraum, wo Marion mit einem Mann am Tisch saß. Über den beiden lag eine spürbare Schwere, die die Atmosphäre beherrschte. Ich fühlte mich fast wie ein Eindringling, der einen intimen Moment gestört hatte.

Marion stand auf und auch der Mann erhob sich.

„Nora, das ist Julian, mein Bruder", stellte Marion vor. Julian streckte mir wortlos und mit verschlossener Miene die Hand entgegen. Ich stand einem großen Mann gegenüber, dessen breite Schultern eine gewisse Last zu tragen schienen. Braune Haare fielen wild über seine Stirn und der grau-melierte Drei-Tage-Bart betonte sein markantes Gesicht. Hinter der äußeren Erscheinung lag eine nicht zu übersehene Schwere. Julians Blick war leer und es war offensichtlich, dass es Marions Bruder nicht gut ging.

„Freut mich", sagte ich und drückte seine Hand. „Es tut mir leid, dass ich Ihr Gespräch gestört habe."

„Kein Problem, ich muss jetzt sowieso los", antwortete Julian kurz angebunden und schob sich an mir vorbei in Richtung Tür.

„Wir telefonieren", rief Marion aus der Küche, die bereits mit Handfeger und Schaufel anfing, die Scherben aufzufegen.

Ich eilte zu Marion, um ihr zur Hand zu gehen. „Tut mir leid, das war wirklich ungeschickt."

„Kein Problem. Das kann passieren. Und wie sagt man so schön: Scherben bringen Glück". Und nach einer kurzen Pause murmelte Marion: „Und das können wir hier gerade mehr als gut gebrauchen."

7

„Hey meine Liebe! Wie geht's dir denn? Muss ich mir Sorgen machen, weil du dich gar nicht meldest?"

Nachdem ich auf Pippas Nachricht von gestern vergessen hatte zu antworten, war meine beste Freundin alarmiert. Ich fummelte meine Kopfhörer ins Ohr, um beim Telefonieren die Hände frei zu haben. Ich war gerade dabei, mich abzuschminken und mir die Zähne zu putzen, als mein Handy klingelte.

„Alles gut hier soweit! Ich bin dabei mich einzuleben und mich mit allem hier vertraut zu machen", antwortete ich.

Alles in allem ging es mir auch gut hier, aber wenn ich ganz ehrlich war, fehlten mir natürlich auch ein bisschen meine gewohnte Umgebung und meine besten Freundinnen. Marions abweisende Art trug auch nicht wirklich dazu bei, mich richtig wohl und willkommen zu fühlen. Aber nach wie vor wollte ich keine voreiligen Urteile fällen. Ich war noch nicht mal eine Woche hier und irgendwie hatte ich auch das Gefühl, dass es hier etwas gab, von dem ich noch nichts wusste und was wie ein Schatten über der Strandbude schwebte und was es herauszufinden galt.

„Ich wollte dich auch schon anrufen. Sag mal, kennst du den Bruder von Marion?"

„Julian? Von dem hat Marion schon mal erzählt. Soweit ich weiß, lebt der mit seiner Frau in einem kleinen Ort in der Nähe. Wieso?"

„Der war heute hier und ich habe durch Zufall Teile eines Gesprächs mitbekommen. Der scheint irgendein Problem zu haben", versuchte ich zu formulieren, was ich gehört hatte.

„Als ich das letzte Mal länger mit Marion gesprochen habe, hat sie angedeutet, dass es Julians Frau nicht gut geht. Näheres weiß ich aber nicht. Aber jetzt erzähl doch mal, was treibst du denn so den ganzen Tag. Spannt Marion dich ordentlich ein?"

„Bisher sind noch gar keine Gäste da. Die kommen erst morgen Mittag", erzählte ich. Meine Unsicherheit in Bezug auf Marions launischer und unfreundlicher Art verschwieg ich. Pippas Aussage bestätigte mich aber darin, dass ebendiese Art ihren Grund in persönlichen Problemen zu haben schien.

„Und was hältst du bisher von der Strandbude?"

„Die Pension gefällt mir richtig gut. Marion hat hier wirklich einen ganz besonderen Ort geschaffen."

„Ach Noralein, ich freue mich so für dich. Ich beneide dich fast ein bisschen um dein neues spannendes Leben." Es tat wie immer gut mit Pippa zu sprechen und ihre erfrischende und positive Art um mich zu haben. Wenn auch nur telefonisch.

„Und wie läuft es bei dir? Was habe ich verpasst?" erkundigte ich mich, konnte aber ein Gähnen nicht unterdrücken.

„Ach, bei mir ist alles supi! Ich glaube, du solltest lieber ins Bett. Schließlich musst du für den morgigen Gästeansturm fit sein!"

Ich lachte. „Ob das ein Ansturm wird, wage ich zu bezweifeln. Aber ich befolge deinen Rat. Ich bin wirklich hundemüde."

Wir verabredeten uns, in den nächsten Tagen wieder zu telefonieren. Nachdem ich aufgelegt hatte klappte ich mein Tablet auf und startete eine Folge meiner Lieblingsserie. Mein Einschlafritual dauerte heute nicht mal 5 Minuten, bevor mir die Augen zufielen.

Am nächsten Morgen wurde ich vom Geräusch des surrenden Staubsaugers geweckt. Ich musste mich kurz orientieren, bevor mir einfiel, wo ich war. Nachdem ich Ort und Tag klar vor Augen hatte, schwang ich die Beine aus dem Bett und öffnete die Zimmertür. Marion verschwand gerade mit dem Staubsauger im gegenüberliegenden Gästezimmer „Kapitänskajüte".

„Guten Morgen! Ich kann dir gleich helfen. Ich springe schnell unter die Dusche und dann bin ich startklar, in Ordnung?" ich verspürte plötzlich ein schlechtes Gewissen, dass ich Marion nicht schon eher Unterstützung angeboten hatte.

„Ja, mach mal in Ruhe, Nora. Du kannst mir später unten zur Hand gehen", antwortete Marions überraschend freundlich. Sie wirkte heute direkt gut gelaunt und ich bildete mir ein, sie pfeifen zu hören, während sie sich wieder dem Putzen zuwendete.

Marions gute Laune steckte an. Ich beeilte mich unter der Dusche und auch die Hunderunde mit Mina erledigte ich heute in einem schnelleren Tempo.

Als ich in die Küche kam, war Marion gerade dabei, die Tische im Speiseraum mit frischen Tischdecken zu bekleiden.

„Wann kommen denn die Gäste?“ fragte ich.

„Anreise ist immer ab 15Uhr. Bis dahin könntest du die Zimmer noch einmal überprüfen. Ich habe lediglich in der „Kapitänskajüte“ klar Schiff gemacht, weil mein Bruder dort vor ein paar Tagen übernachtet hat.“ Marion wendete sich wieder den Tischdecken zu und stellte auf jeden der Tische eine Keramikvase mit einigen Dolden weißer Hortensien.

„Ihm geht es nicht gut, oder?“ platzte ich heraus. Am liebsten hätte ich mir auf die Zunge gebissen und bereute meine persönliche Frage sofort.

„Seine Frau ist vor einigen Monaten an Krebs gestorben“, Marions Miene verhärtete sich wieder. „Seitdem geht hier einiges drunter und drüber.“

„Oh, das tut mir leid“, antwortete ich betroffen. Von Anfang an hatte ich diese Trauer bemerkt, die über der Strandbude lag. Ich hatte sie nur nicht richtig einordnen oder konkret benennen können. Nun war ausgesprochen, dass Marion und ihr Bruder Julian mit schweren Lasten zu kämpfen hatten.

„Heute kommt ein Pärchen aus München und eine ältere Dame aus der Schweiz. Es wäre gut, wenn du sie später auf ihre Zimmer bringen könntest“, wechselte Marion das Thema.

„Gern. Gibt es einen bestimmten Ablauf, an den ich mich halten soll?“ nahm ich den Themenwechsel dankbar an.

„Ich werde später auch da sein. So wie ich dich einschätze, wirst du schnell merken, was das Richtige ist.“

Oh, das klang ja beinahe nach einem Kompliment. Ich war erleichtert, dass Marion mir Vertrauen schenkte. „Die meisten Gäste sind ganz entspannt. Wenn es irgendwelche Fragen gibt, die du nicht beantworten kannst, sag einfach Bescheid“, fuhr Marion fort.

Während wir im Laufe des Tages gemeinsam alles für die Ankunft der neuen Gäste vorbereiteten, spürte ich fast so etwas wie Vorfreude. Ich war froh darüber, Teil von etwas ganz anderem zu sein, als ich bisher gewesen war. Ich fühlte fast so etwas wie eine Verbindung zwischen uns und wusste plötzlich, warum Marion zu Pippas Bekanntschaften zählte.

„Willkommen in der Strandbude“, begrüßte Marion freundlich ein junges Paar schätzungsweise Ende 20, das mit einem Rollkoffer und einer Reistasche am Rezeptionstresen stand. Ich beobachtete, wie der Mann seiner Frau oder Freundin immer wieder liebevolle Blicke zuwarf und ordnete den Beziehungsstatus der beiden sofort in die Kategorie „Frisch verliebt“ ein.

„Sie wohnen in unserem „Heimathafen“. Nora wird Ihnen gleich alles zeigen. Frühstück gibt es zwischen 8 Uhr und 11 Uhr und bei Bedarf können Sie sich Fahrräder mieten. Sagen Sie einfach Bescheid, wenn Sie etwas brauchen.“ Marion wirkte wirklich professionell und ich versuchte mir alle Informationen einzuprägen. Sie begleitete die beiden nach oben und führte sie zu ihrem Zimmer.

„Das ist ja richtig schön hier", sagte die junge Frau begeistert, als sie sich im Zimmer umschauten. Ich freute mich über das positive Feedback und lächelte zurück: „Schön, dass es Ihnen gefällt. Wenn Sie noch etwas brauchen, stehe ich Ihnen gern zur Verfügung." Nachdem ich die Worte ausgesprochen hatte, musste ich innerlich schmunzeln. Ich fühlte mich schon richtig wohl in meiner neuen Rolle als Gästebetreuerin. Als ich zurück zum Empfang kam, stand Marion dort bereits mit dem nächsten angekommenen Gast.

„Ach Nora, könntest du Frau Egger bitte zu ihrem Zimmer bringen?"

„Gern, kommen Sie." Auf dem Weg nach oben erzählte Frau Egger, dass sie nach einer Konzertreise dringend Ruhe und Erholung brauchte. „Ich bin mir sicher, dass sie die hier finden werden", antwortete ich und schloss die Tür der „Kapitänskajüte" auf. Frau Egger bedankte sich für den freundlichen Empfang und verschwand in ihrem Zimmer.

Das wäre erstmal geschafft. Ich beschloss mit Mina noch eine Runde an den Strand zu fahren. Marion bestätigte mir, dass es für mich heute nichts mehr zu tun gäbe und ich meinen freien Abend nun genießen könnte.

Mina war voller Energie und sprang fröhlich durch den Sand, während ich mit Wind und Sonne im Gesicht an der Wasserkante entlanglief. Zwischendurch zückte ich immer wieder mein Handy und versuchte, die Impressionen von Meer, Licht und Strand mit der

Handykamera einzufangen. Ein Gefühl von großer Zufriedenheit überkam mich, ich genoss die Möglichkeit, am Strand zu sein, aber ich freute mich auch darüber, dass ich mich heute in die Arbeit in der Strandbude schon so gut einbringen und mit Marion wider Erwarten ein so gutes Team abgeben konnte.

Als ich an einem der Pfahlbauten vorbeikam, lief mir beim Lesen der draußen angeschlagenen Speisekarte das Wasser im Munde zusammen. Kurz entschlossen stieg ich die Treppe herauf und suchte mir einen gemütlichen Platz hinter einer Windschutzvorrichtung. Ich bestellte mir ein Glas Weißwein und einen großen Salat mit gebackenem Ziegenkäse. Als der Kellner mir meine Bestellung brachte, lächelte er mir verschmitzt zu. Beflügelt von meiner guten Laune und meiner selbstzufriedenen Stimmung lächelte ich zurück.

„Auf das Leben", prostete ich mir selbst in Gedanken zu und musste daran denken, dass ich vor nicht mal drei Monaten noch frustriert versucht hatte, mir wieder mal den Sonntagabend schön zu trinken. Wie schnell sich alles ändern konnte. Wenn man mir an diesem Abend erzählt hätte, dass ich wenige Monate später nicht nur meine Sommerferien, sondern den Anfang einer Auszeit an der Nordsee antreten und als Gästebetreuerin in einer Pension mithelfen würde, hätte ich demjenigen einen Vogel gezeigt.

Mit großem Appetit ließ ich mir den Salat schmecken. Mina lag zu meinen Füßen und schnarchte leise und zufrieden.

„Kann ich dir noch ein Gläschen bringen?"

Aus den Gedanken gerissen schaute ich zur Seite. „Oh. Ja danke, gern." Der Kellner von vorhin stand neben meinem Tisch und zeigte auf mein inzwischen leeres Weinglas. Obwohl mich sein schiefes Grinsen nun doch etwas verunsicherte, fand ich ihn auf eine gewisse Weise sympathisch. Inzwischen hatte er sich zu Mina heruntergebeugt, die gerade aufgewacht war und ihn mit leicht skeptischem Blick beschnüffelte.

„Sie braucht immer etwas Zeit, bevor sie mit jemandem warm wird, aber ansonsten ist sie eine wirklich umgängliche Maus", erklärte ich ihr Verhalten.

„Ich bin mit Hunden aufgewachsen. Meine Eltern und auch meine Großeltern hatten immer einen Hund", erklärte er und ich bemerkte, wie Mina sich entspannte und sich genüsslich von ihm streicheln ließ.

„Seid ihr im Urlaub hier?" fragte er mich, schaute dabei aber eher den Hund an und kraulte Mina hinter den Ohren.

Ich erzählte, was mich hierher verschlagen hatte und erfuhr im Gegenzug, dass er Ben hieß, in einem kleineren Ort in der Nähe wohnte, Surfen seine Passion war und er vor ein paar Jahren beschlossen hatte, sich hier niederzulassen, um sich jederzeit seiner Leidenschaft widmen zu können. Als ein männlicher Gast am Nebentisch ein Zeichen gab, seine Rechnung begleichen zu wollen, war ich fast traurig, dass unser wirklich nettes Gespräch unterbrochen wurde.

Beseelt vom Tag, der netten Begegnung mit Ben und einem leichten Glimmer von Sonne, Wind und Wein, machte ich mich auf den Weg zurück in die Pension. Ich freute mich schon auf den nächsten Tag. Meine Aufgabe würde laut Marion darin bestehen, mit ihr gemeinsam das Frühstück vorzubereiten und für eventuelle Bedarfe bereitzustehen. Bei Pensionsgästen wisse man nie, was ihnen in den Sinn komme, war Marions Aussage.

Bevor ich nach oben ging, wollte ich mir noch kurz eine Flasche Wasser holen. Außerdem hatte ich Lust auf ein Stück Schokolade. Als ich in die Küche kam, und das Licht anknipste, erschrak ich. Marion saß am Esstisch, vor ihr stand ein Becher Tee und ein leeres Schnapsglas.

„Oh, guten Abend, Marion!" sagte ich erstaunt. „Ist alles in Ordnung? Oder weshalb sitzt du hier im Dunkeln?"

„Ich hab´ auf dich gewartet." Marions Stimme klang ernst, fast bedrohlich. „Wir haben ein Problem. Ein Problem, das du verursacht hast."

Ich schluckte und mein Herz begann zu klopfen. „Was ist denn passiert? Was habe ich denn falsch gemacht?"

„Du hast Frau Egger in die Kapitänskajüte gebracht. Das ist aber genau das Zimmer, das ich für einen Stammgast reserviert habe, der morgen anreist. Ich kann es mir gerade wirklich nicht leisten, Gäste zu verlieren, Nora." Marion blickte mich eindringlich und vorwurfsvoll an.

Mir wurde schlagartig schlecht. „Oh nein. Ich dachte, du hast das Zimmer deswegen extra morgens noch hergerichtet. Ich konnte doch nicht wissen, dass die „Kapitänskajüte" für jemanden anderen reserviert ist!"

„Nein, du kannst nicht alles wissen. Aber du musst mich im Zweifel fragen, wenn du dir unsicher bist! Als ich Frau Eggers vorhin gebeten habe, das Zimmer zu wechseln, ist sie wütend abgereist." Marions Blick wurde dunkel und scharf. „Gerade jetzt sind unzufriedene Gäste das Letzte, was ich gebrauchen kann."

„Es tut mir so leid. Ich werde mich bei Frau Eggers selbstverständlich persönlich entschuldigen und klarstellen, dass der Fehler auf meine Kappe geht". Ich hatte einen Kloß im Hals, der immer dicker wurde und bemerkte, wie Tränen in mir hochstiegen.

„Ich denke nicht, dass Frau Eggers ihre Meinung über die Strandbude ändern wird", sagte Marion kühl und starrte auf den Tee in ihrem Becher.

Ich fühlte mich hundeelend. Ich hatte so gehofft, einen positiven Eindruck zu hinterlassen und es hatte sich heute alles so gut angefühlt. Ich verspürte eine Mischung aus großer Scham und Wut auf mich selbst. Wieso hatte ich vorhin nicht noch einmal nachgefragt?

„Es tut mir so leid, Marion."

Weil Marion mir nicht mehr antwortete und scheinbar das Gespräch für beendet hielt, zog ich mich zurück und schlich wie ein geprügelter Hund nach oben in mein Zimmer. Am liebsten würde ich jetzt einfach meine Sachen packen und sofort wieder nach Hause fahren.

8

In dieser Nacht fand ich keinen Schlaf. Immer wieder durchlebte ich Marions Ärger und Enttäuschung mir gegenüber. Scham und Frustration mischten sich mit einem Gefühl der Unzulänglichkeit. Je länger ich in der Dunkelheit lag und grübelte, desto sicherer wurde ich in meinem Entschluss, am nächsten Morgen meine Koffer zu packen und wieder zurück nach Hamburg zu fahren. Nur das Problem, dass ich meine Wohnung untervermietet hatte, galt es noch zu lösen. Ich beschloss, morgen früh gleich Pippa anzurufen, um zu klären, ob ich erst einmal bei ihr und Marc unterkommen konnte. Nachdem ich mir diesen Plan zurechtgelegt hatte, fiel ich schließlich doch in einen unruhigen Schlaf.

Als ich am nächsten Morgen die Augen aufschlug, wurde ich durch einen dröhnenden Kopf und eine tiefe Erschöpfung sofort an die Ereignisse des gestrigen Abends erinnert. Stöhnend schälte ich mich aus dem Bett und wankte ins Bad. Beim Blick in den Spiegel erschrak ich. Ich schnitt eine Grimasse und streckte mir die Zunge raus, um meinen zombieartigen Anblick zu komplettieren. Nachdem ich mir die Zähne geputzt hatte und mich nach einigen Spritzern kaltem Wasser im Gesicht einigermaßen wach fühlte, griff ich nach meinem Handy und wählte Pippas Nummer.

„Hey guten Morgen! Wie schön, dich zu hören“, begrüßte sie mich nach zweimaligem Klingeln überschwänglich. Wie kann man so früh morgens schon so voller Energie sein?

„Hallo Pippa. Kann ich vielleicht in den nächsten Wochen erstmal bei euch bleiben?“

„Hä? Wie? Ja also klar, aber was ist denn passiert Nora? Du klingst furchtbar!“

Als ich ausführlich vom gestrigen Abend berichtet hatte, war am anderen Ende der Leitung erst einmal Stille. „Oh Mann, das klingt echt übel,“ antwortete Pippa schließlich. „Aber weißt du was? Ich glaube, du solltest nicht sofort aufgeben. Ich würde zuerst noch einmal mit Marion sprechen.“

„Ich weiß nicht“, seufzte ich, „Ich habe scheinbar echt Mist gebaut und Marion ist stinksauer auf mich. Wahrscheinlich ist sie froh, wenn ich wieder fahre.“

„Du hast einen Fehler gemacht, ja. Aber Marion hat dir auch keine klare Ansage gemacht, in welches Zimmer du die ältere Dame bringen sollst. Oder liege ich da falsch? Wenn ich die Lage richtig einschätze, ist Marion gerade vollkommen überfordert mit der ganzen Situation um ihren Bruder und das hat sie scheinbar auch etwas an dir ausgelassen. Für mich klingt das nach etwas, was sich bestimmt klären lässt.“

Während ich über die Worte meiner besten Freundin nachdachte, sprach diese weiter: „Du hast dich gerade etwas eingelebt und magst es doch auch in der

Strandbude. Ich an deiner Stelle würde nicht zulassen, dass so ein Missgeschick alles zunichtemacht."

Ich atmete tief durch. „Vermutlich hast du recht. Ich sollte nicht so schnell aufgeben. Aber was ist, wenn Marion mich hier wirklich nicht mehr haben will?"

„Erstens glaube ich das nicht und zweitens kannst du dann immer noch alles hinschmeißen. Kläre das Missverständnis auf und ich bin sicher, dass auch Marion weiß, was sie an dir hat."

„Ok, also gut. Ich werde mit ihr sprechen", zeigte ich mich nun überzeugt.

„Das klingt doch schon besser", erwiderte Pippa lächelnd. „Und denk dran: Am Ende wird alles gut und wenn es nicht gut ist, ist es auch noch nicht das Ende."

Sofort musste ich lachen und wusste einmal wieder, warum ich genau mit dieser Frau so lange und so gut befreundet war. Vielleicht gab es ja doch noch eine Möglichkeit, die Dinge zu klären und meinen Platz in der Strandbude zu behalten.

Nach einer ausgiebigen Hunderunde mit Mina fühlte ich mich fit und klar genug, das Gespräch mit Marion zu suchen. Ich wartete, bis die Gäste beim Frühstück waren und Marion sich in ihr Büro zurückgezogen hatte. Mit pochendem Herzen klopfte ich an die Tür, atmete tief durch und trat ein.

„Marion, könnte ich kurz mit dir sprechen?" fragte ich vorsichtig aber bestimmt.

Marion hob den Blick von ihren Papieren auf dem Schreibtisch. „Ja natürlich", antwortete sie knapp.

Ich schluckte und setzte mich auf den Stuhl vor Marions Schreibtisch. „Ich wollte mich noch einmal für gestern entschuldigen. Ich hätte genauer nachfragen müssen, in welches Zimmer ich Frau Eggers bringen soll."

Marion seufzte und legte den Stift zur Seite. „Ja das ist wirklich blöd gelaufen. Dadurch habe ich einen Gast verloren, den ich gerade dringend gebraucht hätte. Ich kann nur hoffen, dass sich das nicht negativ auf den Ruf der Strandbude auswirkt."

Ich senkte meinen Blick. „Ich weiß und das tut mir wirklich leid. Ich habe zu wenig nachgedacht und das war ein großer Fehler."

Marion lehnte sich zurück und schaute einige Augenblicke schweigend ins Leere. „Ich glaube, du solltest wissen, wieso ich gerade so angespannt bin. Ich befürchte, ich bin gerade nicht die umgänglichste Person und kenne mich manchmal selbst nicht mehr", begann sie zu erzählen. „Wie du ja bereits weißt, ist vor einigen Monaten meine Schwägerin Anna gestorben. Jahrelang hat sie mit unterschiedlichsten Behandlungen versucht, den Krebs zu besiegen. Am Ende ist sie auf qualvolle Weise verstorben und hat nicht nur meinen Bruder Julian unglücklich zurückgelassen, sondern uns ist dadurch auch ein großer finanzieller Schaden entstanden.

Ich schaute sie fragend an.

„Die Behandlungen haben eine Menge Geld gekostet und ich habe Julian dabei finanziell unter die Arme gegriffen. Immer wieder hatten wir Hoffnung, dass eine andere Behandlungsmethode Anna endlich helfen würde."

„Das ist wirklich schrecklich, Marion. Das tut mir so leid", versuchte ich irgendwie adäquat zu reagieren. Ich war dankbar, nun endlich Bescheid zu wissen, welcher Schatten über der Strandbude lag. Das erklärte wirklich einiges und ich war froh, das Gespräch mit Marion gesucht zu haben. Zeitgleich reifte in mir eine Idee.

Marion seufzte erneut. „Ja, es ist für uns alle gerade echt nicht leicht. Und ich brauche wirklich jeden Gast, um die Raten für meine Kredite abzubezahlen."

„Vielleicht können wir gemeinsam überlegen, wie wir die Situation verbessern können. Ich hätte da auch schon eine Idee, die vielleicht helfen könnte."

Marion hob eine Augenbraue. „Okay, was meinst du denn damit?"

„Ich habe überlegt, dass wir einen Social-Media-Auftritt für die Strandbude erstellen könnten. Soweit ich weiß, hast du noch keinen und über Picstagram lassen sich bestimmt noch mehr Gäste ansprechen und die Bekanntheit der Pension steigern."

Marion schaute zunächst skeptisch, dann wurde ihr Blick offener. „Das ist keine schlechte Idee. Ich habe von Social Media und diesem Kram wirklich keine Ahnung, aber wenn du das übernehmen könntest, dann wäre ich dir wirklich dankbar. Ein Versuch ist es allemal wert."

Ich nickte aufgeregt. „Ich würde Fotos von der Strandbude, dem Essen und der Umgebung machen und regelmäßig posten. Ich glaube, das könnte wirklich helfen."

Marion stand auf und kam auf mich zu. „Dann lass uns das wirklich angehen. Entschuldige, dass ich dich gestern so hart angegangen bin. Ich stehe gerade wirklich unter einem enormen Druck. Aber ich bin froh, dass du da bist." Ich stand ebenfalls auf und streckte Marion meine Hände entgegen. „Danke, Marion. Ich bin auch froh, dass ich da bin und helfe gern, wo ich kann."

Die nächsten Tage war ich damit beschäftigt, meinen Plan in die Tat umzusetzen und einen Picstagram-Account für die Strandbude zu erstellen. Schon früh morgens fuhr ich mit Mina an den Strand, um ansprechende Fotos von der Umgebung zu machen. Außerdem recherchierte ich intensiv Accounts von anderen Pensionen und kleineren Hotels nach deren Internetauftritt, um Inspirationen für den Auftritt der Strandbude zu finden. Ich verbrachte Stunden damit, die richtigen Filter und Fotos für die Bearbeitungen auszuwählen, um die Stimmung der Strandbude einzufangen. Schritt für Schritt setzte ich die kleine Pension mit ansprechenden Fotos in Szene und verfasste kreative Beiträge und Hashtags, um potenzielle Gäste neugierig zu machen.

Marion war dankbar für meinen Einsatz und zeigte sich begeistert über den Anklang ihrer Pension auf Picstagram. Gemeinsam freuten wir uns über neue Follower und positives Feedback unter meinen Postings. Als ich an einem Morgen wieder mal von einer meiner Fotosafaris wiederkam, erwartete mich Marion schon am Empfang der Strandbude. „Nora, du wirst es nicht glauben", begrüßte sie mich strahlend. „Wir haben eine Buchung von einem Gast bekommen, der durch Picstagram auf uns aufmerksam geworden ist! Das scheint wirklich zu helfen!"

„Wie toll! Das ist ja großartig!" freute ich mich. Ich fühlte eine Mischung aus Erleichterung und Stolz, dass meine Idee tatsächlich funktionierte und positive Ergebnisse zeigte.

Marion schlug vor, gemeinsam einen Kaffee zu trinken. Als wir die Küche betraten, war ich überrascht, Julian dort sitzen zu sehen.

„Ach, du bist schon da“, begrüßte Marion ihren Bruder. Sie war scheinbar weniger überrascht.

„Hallo ihr beiden. Kaffee ist gerade fertig“, antwortete Julian und stand auf, um drei Tassen zu holen.

„Perfektes Timing!“ Ich war froh darüber, dass Julian heute scheinbar in einer guten und zugänglicheren Stimmung war.

„Marion hat mir erzählt, dass du den Picstagram-Account für die Strandbude übernommen hast.“ Julian schaute mich mit einem fast anerkennenden Blick an. Ich nickte und goss Hafermilch in meinen Kaffee. „Ja genau, die Resonanz war bisher wirklich positiv.“

Während wir gemeinsam unseren Kaffee genossen, entspannte sich die Atmosphäre in der Küche weiter. Das Gespräch floss zwischen Plaudereien über die Strandbude und der Umgebung hin und her und Julian erzählte einige persönliche Anekdoten über seine Tätigkeit als Surflehrer. Während er über einen Schüler berichtete, der im höheren Rentenalter das Surfen angefangen hatte, betrachtete ich ihn näher und nahm seine positive Ausstrahlung wahr, die in den vergangenen Treffen scheinbar gänzlich hinter seiner Trauer verschwunden war. Mir gefiel sein Humor und ich freute mich darüber, dass wir nach den anfänglichen schweren Tagen alle gemeinsam lachen konnten.

„Wie wäre es, wenn wir heute Abend grillen?“ schlug Marion plötzlich vor. Auch ihr war die lockere und positive Stimmung scheinbar nicht verborgen geblieben.

„Das Wetter ist herrlich und wir könnten es auch unseren Gästen anbieten. Das wäre doch auch eine gute Werbung für uns und ein Beitrag auf Picstagram wert, oder?“

„Das ist eine super Idee“, fand ich und auch Julian war dabei. Wir verteilten die Aufgaben, wer was besorgen sollte und begannen sofort mit den Vorbereitungen.

Der neue Gast, ein Mann schätzungsweise Anfang Dreißig namens Alex, kam am Nachmittag an. Ich war gerade am Empfang und begrüßte ihn herzlich: „Willkommen in der Strandbude! Wir freuen uns sehr, dass Sie den Weg zu uns gefunden haben.“ Alex lächelte und bedankte sich. „Ich habe die Bilder im Internet gesehen und war sofort begeistert. Ich hätte gar nicht damit gerechnet, dass es noch freie Betten gibt. Die Strandbude sieht wirklich einladend aus.“ Ich freute mich über das positive Feedback und brachte Alex ins obere Stockwerk zu seinem Zimmer. Auch unsere Einladung zum gemeinsamen Grillabend nahm er dankend an. Zufrieden wendete ich mich wieder den Vorbereitungen zu. Während Marion die notwendigen Einkäufe erledigte, schmückten Julian und ich gemeinsam den Außenbereich, stellten Tische und Stühle auf und bereiteten alles fürs Grillen vor.

Als sich schließlich die ersten Gäste einfanden, spürte ich eine leichte Anspannung. Ich freute sich auf den Abend, doch seitdem ich wusste, wie wichtig zufriedene Gäste für Marion und die Pension waren, lastete die

Verantwortung für das Gelingen des Abends nun auch auf meinen Schultern.

Auch wenn nicht alle, die sich angekündigt hatten, erschienen, wurde es ein gelungener Abend. In lockerer Atmosphäre unterhielten sich einige am Grill, während andere mit einer Flasche Bier auf der Bank unter der großen Kastanie im Garten saßen. Brennende Fackeln und Lichterketten verliehen dem Ganzen eine wirklich angenehme und einladende Atmosphäre und meine Anspannung wich im Laufe des Abends Zufriedenheit und einem glücklichen und stolzen Kribbeln im Bauch. Während Marion und Julian großzügig Gegrilltes verteilten, ging ich herum und verteilte Getränke. Auch Alex war gekommen und wir stießen gemeinsam auf den Abend und das „Du“ an. Er versprach, die Strandbude auf seinem Picstagram-Account zu bewerben und über die positiven Erfahrungen des Aufenthalts und auch den besonderen Grillabend zu berichten. Ich bedankte mich für seine Großzügigkeit und auch Marion war überwältigt von der Dynamik der Social-Media-Kanäle.

Am Ende des Abends stand fest, dass dies nicht der letzte Grillabend war und wir beschlossen, je nach Wetterlage regelmäßig ähnliche Veranstaltungen in der Strandbude anzubieten.

„Jetzt tun mir aber echt meine Füße weh“, stöhnte ich und ließ mich auf einen Stuhl sinken. Zufrieden aber erschöpft saßen Marion, Julian und ich um den Küchentisch, als wir alles aufgeräumt hatten und stießen auf den erfolgreichen Grillabend an. Marion lächelte: „Ja, das geht mir genauso. Aber es hat Spaß gemacht und hat sich wirklich gelohnt."

„Ich werde auf jeden Fall gut schlafen heute." Julian streckte sich und gähnte. Marion nickte zustimmend und goss sich selbst und den anderen einen Schluck Wein ins Glas. „Vielen Dank für deine Hilfe, Nora. Die Idee mit Picstagram war wirklich Gold wert. Wir haben so viele Buchungen wie schon lange nicht mehr!"

„Ach, das ist doch selbstverständlich und ich habe schließlich auch etwas davon, wenn die Strandbude ein beliebtes Übernachtungsdomizil bleibt!" winkte ich ab.

„Nein, wirklich, Nora. Du bist eine echte Bereicherung für die Strandbude." Julian schaute sie mit durchdringendem Blick an. Mich durchfuhr ein Kribbeln. Schnell wendete ich den Blick ab. Der intensive Blick von Julian und seine Worte brachten mich plötzlich und unerwartet aus dem Konzept. Ich schluckte und wechselte rasch das Thema.

„Ich würde gern noch Fotos vom Äußeren der Strandbude machen. Auch der Garten mit den blühenden Hortensien wäre ein tolles Motiv und fehlen noch auf eurem Account. Was haltet ihr davon, wenn ich morgen neue Farbe besorge und den Fenstern einen neuen Anstrich verpasse?" Ich wartete Marions Reaktion ab, denn ich wollte ihr auf keinen Fall vermitteln, dass die Strandbude heruntergekommen war.

„Ich weiß, dass die Fassade und die Fenster dringend renoviert werden müssten. Aber momentan fehlen uns einfach die finanziellen Mittel dafür", antwortete Marion nachdenklich aber zum Glück keineswegs beleidigt oder angefasst.

„Ich habe noch einen Rest Farbe bei mir im Schuppen stehen“, schaltete Julian sich ein. Die können wir für die Fenster nehmen!“

Wir? Marion schaute ihren Bruder überrascht an. „Hast du denn Zeit dafür?“

Mir fiel auf, dass ich überhaupt nicht wusste, welche beruflichen Verpflichtungen Julian hatte.

„Mein neuer Auftrag beginnt erst in ein paar Wochen.“ Julian wendete sich an Nora: „Morgen früh um 10Uhr?“

„Passt!“ hörte ich mich sagen. Damit hatte ich nicht gerechnet. Aber ich freute mich darauf, dass mein Vorschlag so gut angenommen wurde und gleich in die Tat umgesetzt werden konnte. Außerdem konnte ich auch eine gewisse Vorfreude nicht leugnen, das Projekt mit Julian gemeinsam anzugehen.

9

„Wow, du siehst aus, als ob du den Kaffee intravenös gebrauchen könntest."

„Danke, das Kompliment kann ich nur zurückgeben", konterte ich am nächsten Morgen auf Julians charmante Begrüßung.

„Touché", lachte er und begann die Farbeimer aus seinem Auto zu heben. Obwohl ich meine geplante Aufstehzeit um zwei weitere Schlummerphasen hinausgezögert hatte, war ich kaum aus dem Bett gekommen. Trotzdem hatte ich es vor Julians Ankunft geschafft, gewisse Vorarbeiten zu leisten und bereits alte Zeitungen ausgelegt und damit begonnen, die Fenster mit Malerkrepp abzukleben. Julian zeigte sich beeindruckt.

Bewaffnet mit Pinseln, Farbe und einem weiteren starken Kaffee machten wir uns an die Arbeit. Wir arbeiteten eine Weile schweigsam und hingen beide unseren Gedanken nach.

„Hat fast etwas Beruhigendes, das Streichen oder?" brach ich irgendwann das Schweigen.

„Vielleicht bieten wir das als Kurs in der Strandbude an." Julian grinste. „Meditatives Streichen". Nein, aber ernsthaft. Ich glaube wirklich, dass es mit der Strandbude langsam wieder bergauf geht."

„Ja, das glaube ich auch", antwortete ich, froh darüber, dass er die Situation so offen ansprach. „Ihr hattet echt eine schwierige Zeit, oder?"

Julian legte seinen Pinsel beiseite und atmete tief durch. „Zeitweise sah es so aus, dass Marion schließen muss. Vielleicht hat sie dir erzählt, dass sie uns finanziell sehr unterstützt hat. Ich musste durch Annas Krankheit in meinem Job als Bauingenieur kürzertreten. Und irgendwann blieben die Aufträge aus und ich konnte Marion die vereinbarten Raten nur bedingt zurückzahlen. Marion und ich haben uns zum Ende mit der Pflege von Anna abgewechselt und so blieb schließlich auch die Strandbude auf der Strecke." Julians Gesicht verfinsterte sich und ich spürte, wie sehr die Last der Vergangenheit auf ihn drückte.

„Aber so langsam finden wir, glaube ich, wieder zurück", sprach er weiter. Mir fehlten die Worte. Alles, was ich zu Julian jetzt hätte sagen könnte, wären nur Plattitüden gewesen. Abgedroschen und floskelhaft. Julians Schwere übertrug sich schließlich auch auf mich, so dass wir uns schweigend und in Gedanken versunken wieder den Fenstern widmeten.

„Wow, das ist wirklich ein riesiger Unterschied!" Marion stand mit einem Tablett hinter uns und zeigte sich beeindruckt vom Ergebnis der Streichaktion.

„Ja, das hat sich auf jeden Fall gelohnt", sagte ich stolz und mit einem Lächeln. Julian nickte zustimmend. „Ich würde fast sagen, das war bitter nötig."

„Das sollten wir auch auf unserem Account erwähnen!“ schlug Marion vor, „Wir sollten unbedingt ein paar schöne Fotos von der Aktion machen“. Sie stellte das Tablett auf die Bank neben der Eingangstür und Julian bediente sich gleich großzügig an den Keksen.

„Klar! Eine gute Idee auch von der Renovierung zu berichten!“ war ich sofort überzeugt und zog mein Handy aus der Hosentasche. Ich rief die Kamerafunktion auf und reichte Marion das Handy. „Vielleicht wäre es nett, wenn du gleich ein Bild von uns hier in Aktion machst!“ Unsicher schaute ich zu Julian. Der drapierte aber bereits Farbeimer und postierte sich vor einem der gestrichenen Fenster. „Super Idee. Links oder Rechts?“

Verständnislos schaute ich ihn an.

„Na, ob auf Fotos Links oder Rechts deine Schokoladenseite ist?“ Julians Grinsen war wirklich bestechend. „Ich bin flexibel!“ antwortete ich etwas verlegen. Ich konnte nicht leugnen, dass mir sein Humor und seine Schlagfertigkeit gefiel.

Plötzlich fühlte ich etwas Kaltes und Nasses auf meiner rechten Wange. „Hey!“ beschwerte ich mich, musste aber gleich darauf lachen.

„Na das muss doch nach Arbeit und körperlichem Einsatz aussehen!“ verteidigte Julian, dass er meine Wange mit einem weißen Farbtupfer versehen hatte.

Wir lachten alle herzlich und Marion hielt den Moment mit der Handykamera fest. Als ich mir später die Fotos ansah, berührten mich die Aufnahmen. Sie strahlten die Leichtigkeit aus, die ich von Anfang an in der Strandbude gespürt hatte, jedoch schien diese in den letzten belastenden Monaten verblasst zu sein.

Spontan leitete ich eins der Bilder an Pippa weiter und schickte mehrere Pinsel-Emojis und einen Smiley mit sternförmigen Augen hinterher. Pippas prompte Reaktion waren drei klatschende Hände-Emojis. „Wow! Was habe ich alles verpasst? Wann bekomme ich eine genaue Berichterstattung?" schickte sie als Nachricht hinterher.

Wir verabredeten uns für ein abendliches Telefonat und ich freute mich sehr darauf, mal wieder ausgiebig mit meiner Freundin zu quatschen.

Nach dem fleißigen Vormittag und einer ausgiebigen Dusche hatte ich Lust auf Meer. Da für den heutigen Tag keine neuen Gäste angekündigt und auch sonst keine besonderen Gästewünsche zu erfüllen waren, blieb Zeit, um mit Mina an den Strand zu fahren. Ich entschied, heute einmal Marions Ratschlag von neulich zu befolgen und begab mich dazu auf eine kleine Wanderung vom Böhler Leuchtturm aus. Ich folgte einem fast versteckten Pfad, der sich durch Felder und Salzwiesen schlängelte, bis ich schließlich an einen unberührten Naturstrand gelangte. Vor mir erstreckte sich die unendliche Weite der Nordsee, während sich der Naturstrand sanft vor mir ausbreitete. Mina tobte ausgelassen um mich herum und einmal mehr bewunderte ich diesen Hund um ihre Fähigkeit, zuverlässig im Hier und Jetzt zu sein. Der Weg führte mich weiter, vorbei an den unregelmäßigen Dünen, die von Strandhafer bewachsen waren und den sanften Wellen, die nahezu kilometerweit auf den Strand rollten. Ich genoss die Stille und die raue Schönheit dieses unberührten Ortes, weit weg von der Hektik des Alltags und jeglicher Verantwortung. Was für ein Geschenk, den Alltag mit einer täglichen Dosis Urlaubsgefühl vereinbaren zu können. Dabei wurde mir bewusst, wie weit entfernt mein Lehrerinnenalltag in diesem Moment war. Der Job selbst hatte mir immer Freude bereitet. Die Möglichkeit, jungen Menschen Wissen zu vermitteln war erfüllend. Aber in den letzten Jahren war der Beruf mehr und mehr zu einem Dschungel aus Verwaltung und unzähligen organisatorischen Aufgaben geworden, die oft viel zu wenig mit dem eigentlichen Unterricht zu tun hatten und mir darüber hinaus die Kraft für meine eigentliche Tätigkeit des Unterrichtens raubten. Das hatte mich immer unzufriedener werden lassen. Ich atmete tief ein und schloss die Augen. Hier, umgeben von der Natur und der freien Luft, konnte ich das alles gerade hinter mir lassen. Mina, die wieder mal einer Möwe hinterherjagte, schien genau zu wissen, wie man den Moment genießt ohne sich Gedanken über den nächsten Tag zu machen. Beneidenswert, dachte ich lächelnd.

Allmählich knurrte mir der Magen und ich folgte dem Pfad, der mich wieder zurück zum Ausgangspunkt führte. Wieder am Leuchtturm angekommen, holte ich mein Handy heraus und eine Benachrichtigung vom Account der Strandbude auf Picstagram war eingegangen. Es gab neue Kommentare unter meinem Post von der Streichaktion heute Morgen. Neugierig öffnete ich die App und begann zu lesen.

Neben applaudierende Hände-Emojis, Herzen und Daumen hoch-Emojis gab es einige Kurzkommentare, wie „richtig schön!“ oder „sieht toll aus!“ Ich freute mich, dass die Aktion die gewünschte Resonanz brachte und wollte die App gerade wieder schließen, als mir ein weiterer Kommentar von User „JuP77“ ins Auge fiel:

„Absolut ihre Schokoladenseite. Sehr attraktives Team ☺“

Ich musste schmunzeln. „JulFri77“ – Julian Friedrich und die 77 steht vermutlich für sein Geburtsjahr. Ich likte seinen Kommentar und überlegte, was ich Originelles antworten könnte.

Schließlich tippte ich: „Einfach meditatives Streichen in guter Teamarbeit!“ und schickte noch einen augenzwinkernden Smiley hinterher.

„Hey Nora. Schön dich zu sehen!“ Ben freute sich sichtlich, Mina und mich wiederzusehen. Wir hatten Glück und ergatterten den letzten freien Tisch im Strandbistro. Ben räumte noch schnell die leeren Teller und Gläser ab und fegte ein paar Krümel von der Tischplatte.

„Was kannst du heute empfehlen? Ich hab´ mordsmäßigen Hunger!“

„Wie wäre es mit „Gegrilltem Kabeljaufilet auf Spaghettini mit Limetten-Orangensauce“?“

„Wow, das nehme ich!“ war ich überzeugt. Während ich auf mein Essen wartete, schaute ich erneut nach, ob es neue Kommentare unter meinem Post gab. Ich war fast ein wenig enttäuscht, dass Julian meine Antwort nicht weiter kommentiert hatte, schob den Gedanken aber schnell zur Seite. Ben brachte mir eine Saftschorle und stellte Mina eine Schale mit Wasser hin.

„Ich habe gleich Feierabend. Wenn du Lust hast, leiste ich euch etwas Gesellschaft?“

„Gern!“ freut ich mich.

Während ich meinen Fisch genoss, gesellte sich Ben an unseren Tisch. Wir unterhielten uns über die Strandbude und Ben erzählte, dass er vor einigen Jahren schon einmal eine Nacht in der Pension übernachtet hatte. „Ich erinnere mich an den gelungenen Mix aus Maritimem, Vintage und skandinavischem Design", bemerkte er.

„Das stimmt. Ich weiß genau, was du meinst", zeigte ich mich von seinen Formulierungen beeindruckt. „Ich bin auch ein großer Fan von Inneneinrichtung und Interieur-Design. So passend hätte ich das aber nicht ausdrücken können!"

Ben erzählte, dass er jahrelang als Innenarchitekt und als Interieur-Designer gearbeitet hat. „Ich hatte mein eigenes Designstudio und das auch einigermaßen erfolgreich." Er seufzte und trank einen Schluck. „Ich habe mich schließlich auf die falschen Menschen eingelassen. Es wurde stressig, unangenehm und ich habe meinen inneren Frieden verloren. Irgendwann entschied ich, das alles hinter mir zu lassen und mich dem zu widmen, was mir mehr Freiheit und Zufriedenheit bringt." Ich nickte anerkennend. „Das finde ich mutig und richtig. Und erinnert mich fast ein bisschen an meine Situation. Irgendwie scheinen wir beide in gewisser Weise „Aussteiger" zu sein." Ben schaute mich fragend an.

Ich beschrieb meine vergangenen Monate und was mich hierher verschlagen hatte. Beide hingen wir für einen Moment unseren eigenen Gedanken nach und schauten aufs Meer hinaus.

„Ich glaube, ich habe mich einfach viel zu lange in eine bestimmte Richtung drängen lassen", sagte Ben nach einer Weile. „Die Gesellschaft gibt einem doch vor,

Karriere zu machen, Geld zu verdienen und materiellen Besitz anzuhäufen. Und das habe ich jahrelang gemacht und mir eingebildet, dass mich das schon irgendwann glücklich macht, wenn ich nur „genug" davon habe."

Ich nickte. „Ich kenne das Gefühl nur zu gut. Als Lehrerin hatte ich zwar eine gewisse Sicherheit, aber es gab so viele Umstände, Erwartungen und Bürokratie zu erfüllen, dass der eigentliche Spaß am Unterrichten und dem Lehrerinnendasein oft verloren ging."

„Genau das meine ich. Ich habe mein Designstudio gegründet, weil ich Inneneinrichtung liebe. Aber mit der Zeit wurde es zu einem knallharten Geschäft und es hatte nichts mehr mit meiner eigentlichen Leidenschaft zu tun. Vermutlich hätte ich das auch noch mein Leben lang so weitergemacht, wenn ich nicht an die falschen Leute geraten wäre. Eigentlich müsste ich denen dankbar sein." Ben grinste schief.

„Und dann hast du beschlossen, alles hinter dir zu lassen?"

Er nickte. „Das war natürlich keine leichte Entscheidung. Es hat schon etwas gedauert, bis ich den Mut hatte. Aber das Ganze hat mich auch gesundheitlich an meine Grenzen gebracht und ich musste etwas ändern. Und dann kam der Punkt, an dem ich beschlossen habe, meine Zeit sinnvoll zu nutzen. Ich will das tun, was mir wirklich wichtig ist und was mir vor allem guttut."

„Das war bestimmt nicht leicht, oder?"

Ben seufzte. „Nein, definitiv nicht. Besonders finanziell war es am Anfang schwierig. Und die Unsicherheit, ob meine Entscheidung richtig war, hat mich manchmal fast verrückt gemacht. Aber ich habe mit der Zeit gemerkt, dass es mir in meinem neuen Umfeld viel besser geht und ich hatte wieder das Gefühl von Zufriedenheit und Glücklichsein mit dem, was ist. Das kannte ich gar nicht mehr." Ben schaute auf. „Wow, das klingt gerade echt etwas kitschig."

Ich musste lachen. „Ist aber total nachvollziehbar und so richtig! Ich habe vielleicht nicht denselben beruflichen Ausstieg gemacht wie du, aber ich fühle mich auch viel freier und zufriedener, seitdem ich in der Strandbude arbeite. Es ist irgendwie viel mehr als nur ein Job. Es ist …" Ich suchte nach einem passenden Wort. „Es ist eine Art Lebensstil."

Ben lächelte. „Und das ist es doch, worum es wirklich geht, oder?"

Ich hob mein Glas. „Auf unseren Ausstieg! Und auf ein Leben, das wir selbst gestalten!"

10

In den nächsten Tagen hatten wir alle Hände voll zu tun. Der Spätsommer verwöhnte die Nordseeküste mit strahlendem Sonnenschein und warmen Temperaturen und die Strandbude war nach langer Zeit zum ersten Mal vollständig ausgebucht.

„Wow, das sieht ja aus wie in einer dieser Wohn- und Kochzeitschriften!“ zeigte Marion sich beeindruckt, als sie an einem Morgen in den Speiseraum kam. Ich war zuvor von ihr beauftragt worden, mich um das Eindecken und Dekorieren der Tische zu kümmern. „Schön, dass dir das gefällt. Sowas macht mir auch echt Spaß“, freute ich mich über Marions Lob.

Ich hatte in einer Küchenschublade graue Leinenservietten gefunden, die wunderbar zum grau-blau gemusterten Keramikgeschirr passten. Unterschiedliche Ton- und Glasgefäße wurden von mir als Vasen umfunktioniert und mit Dahlien in unterschiedlichen Rottönen aus dem Garten bestückt. Anstelle von Tischdecken lagen nun naturfarbene, aus Seegras geflochtene Tischsets auf jedem Platz. Brennende Teelichte in geriffelten Wassergläsern zauberten ein herrliches Licht und lieferten sich mit den ersten Sonnenstrahlen des Tages ein besonderes

Duell. Schnell machte ich noch ein paar Fotos von der wirklich gelungenen Tischdekoration und versuchte die besondere Stimmung und Details einzufangen, bevor die ersten Frühaufsteher zum Frühstück erschienen. Während ich dazu einen Post auf Picstagram verfasste und mir dabei einen großen Becher Kaffee gönnte, kümmerte Marion sich um die letzten Handgriffe fürs Gästefrühstück. Als sie gerade etwas nervös auf ihre Armbanduhr schaute, betrat Julian mit Kisten voller Lebensmittel und mehreren großen Brötchentüten die Küche.

„Tut mir leid, sie haben die Straße gesperrt und ich musste einen Riesen-Umweg fahren", entschuldigte sich Marions Bruder sofort.

„Passt schon. Gerade noch rechtzeitig", antwortete Marion. „Ich bin dir ja schließlich dankbar, dass du die Einkäufe übernommen hast, seitdem der Lieferdienst seine Preise so angezogen hat."

„Die nächsten beiden Wochen übernehme ich das gern noch. Ab dann beginnt mein neuer Job und wir müssen uns eine andere Lösung überlegen." Julian angelte sich ein Croissant aus der Bäckertüte und biss genüsslich hinein.

Fragend schaute ich in die Runde. „Worum geht's denn? Kann ich das nicht übernehmen?"

„Ach Nora, das wäre mir wirklich eine große Hilfe", Marion war erleichtert. „Fahr doch in den nächsten Tagen einmal mit Julian mit, dann kann er dir alles zeigen."

„Machen wir so", sagte Julian mit vollem Mund und bediente sich am Kaffeevollautomaten.

„Was ist das denn für ein neuer Job?"

Während Marion sich um die Gäste kümmerte und einige Getränkewünsche erfüllte, räumte ich gemeinsam mit Julian die Lebensmittel in die Küche. „Ich werde in einem Architekturbüro anfangen. Es ist ein kleines Büro hier in der Nähe und ich werde hauptsächlich an Projekten im Küstenschutz und nachhaltigen Bauen arbeiten. Das Thema interessiert mich sehr“, erzählte er.

„Klingt spannend“, meinte ich und versuchte, mir mehrere Milchtüten auf dem Arm zu stapeln. Als mein Turm verdächtig ins Wanken geriet und ein Milchkarton herunterrutschte, fing Julian ihn geschickt auf und reichte ihn mir mit einem Lächeln.

Erneut nahm ich eine besondere Stimmung zwischen uns wahr, die uns beide für einen Augenblick gefangen hielt.

„Das war knapp, danke dir“, überspielte ich die angespannte Stille. Dabei bemerkte ich nicht, dass Marion im Hintergrund zufrieden lächelte.

Als Julian schließlich gegangen war und Marion sich in ihr Büro zurückgezogen hatte, um Papierkram zu erledigen, saß ich in der Küche und genoss einen Becher Tee. Ich wartete darauf, dass die Gäste ihr Frühstück beendeten und den Speiseraum verließen, so dass ich mit dem Aufräumen beginnen konnte. Währenddessen lauschte ich dem fröhlichen Gemurmel und den angeregten Gesprächen einiger Gäste, die sich offensichtlich bestens verstanden. Plötzlich kam mir der Gedanke eines gemeinsamen Kochabends. Die Idee, dass wir zusammen leckere Gerichte zubereiten könnten, begeisterte mich. Ich hatte schon früher oft mit meinen Freunden mehrere Gänge-Menüs gezaubert und wir hatten sogar mal eine kleine Kochgruppe gegründet, um „das perfekte Dinner“ nachzuspielen. Natürlich mit wohlwollend vergebenen Punkten, aber am Ende wurde ich sogar zur Siegerin gekürt. Das gemeinsame Stehen in der Küche, Austauschen von Rezepten und die Freude am Kochen verbindet Menschen und ich war mir sicher, dass dies eine super Möglichkeit auf dem Weg der Strandbude darstellte, diese zu etwas ganz Besonderem zu machen.

Ich stand auf und lief zu Marion ins Büro, um ihr gleich meine Idee mitzuteilen. Auch sie war ebenfalls sofort begeistert.

„Das ist eine großartige Idee! Nach dem Erfolg des Grillabends sollten wir das unbedingt machen“, strahlte sie mich an. Wir sprachen darüber, wie und wann wir diese Idee umsetzen könnten und beschlossen, den ersten Kochabend für den bevorstehenden Herbst zu planen. „In den Monaten zwischen Sommer und der Weihnachtszeit sind die Gästezahlen immer niedrig und ich habe schon lange überlegt, welche neuen Anreize ich schaffen könnte, diese wirklich gemütliche Jahreszeit hier an der Nordsee attraktiver zu machen.“

„Und die anderen Gäste, die vielleicht nicht allzu sehr fürs Gemüse Schnibbeln zu begeistern sind, können ihr Glas Wein vor dem prasselnden Kamin genießen“, plante ich weiter.

„Wir müssen nur noch jemanden finden, der die Organisation in der Küche in die Hand nimmt“, wand Marion ein „Vielleicht auch jemand, der den Gästen bei Interesse noch etwas über Zutaten und das Kochen beibringen könnte.“ Sie kündigte an, sich in den nächsten Tagen in ihrem großen Bekanntenkreis einmal umzuhören. Währenddessen beschloss ich, bei meinem nächsten Besuch im Strandbistro, Ben zu fragen. Wer in der Gastronomie arbeitete, hatte vielleicht auch Kontakte, die für uns nützlich sein könnten.

Dass der nächste Tag für mich ziemlich früh begann, merkte ich daran, dass es noch dunkel war, als mein Wecker mich aus dem Schlaf holte. Die Tage wurden nun merklich kürzer und auch kühler, so dass ich mir über ein Longsleeve noch mein dickes Teddyfleece zog. Dass für Mina die Gassirunde heute kürzer ausfiel, schien sie nicht weiter zu stören. Nachdem sie ihre Futterration bekommen hatte, lief sie schnurstracks wieder zurück in unser Zimmer, um sich genüsslich und zufrieden wieder in ihrem Körbchen zusammenzurollen. Fast so als wollte sie sagen: „Ganz schön früh heute – morgen gern etwas später.“ Hunde sind eben auch nur Menschen, dachte ich schmunzelnd.

Julian wartete bereits unten in seinem Geländewagen. Als ich in sein Auto stieg, fühlte ich mich irgendwie aufgeregt. Ich freute mich auf unsere gemeinsam Einkaufsroute über die Hofläden. Wenn ich ehrlich war, freute ich mich aber einfach darauf, mit ihm Zeit zu verbringen, obwohl ich mich nicht richtig traute, das Gefühl zuzulassen.

„Guten Morgen“, begrüßte er mich mit einem warmen Lächeln und startete den Motor.

Während wir übers Land über die noch stillen Landstraßen fuhren, plauderten wir über dies und das und ich genoss das Gefühl, so früh unterwegs und Teil der Umgebung zu sein. Langsam ging die Sonne auf und tauchte die Landschaft in ein sanftes Licht, das sich in morgendlichen Nebelschwaden zeigte.

Nach nicht einmal zehn Minuten erreichten wir den ersten Hofladen, der mit einem Hinweisschild auf „frische Eier und Kartoffeln“ schon von weitem auf sich aufmerksam machte. „Haben die denn schon so früh geöffnet?“ fragte ich, als wir den Wagen abgestellt hatten und über das Kopfsteinpflaster des Bauernhofs liefen.

„Hinnerk weiß Bescheid, dass ich vorbeikomme. Montags, mittwochs und je nach Auslastung der Pension fahre ich auch noch einmal am Ende der Woche“, erklärte Julian und öffnete die Tür des Hofladens. Es roch nach Stall aber nicht unangenehm. Es hatte eher etwas Ursprüngliches, Natürliches, was mir sofort gefiel und sympathisch war. Es erinnerte mich an meine Kindheit, als ich Reitstunden auf einem Bauernhof genommen hatte und besonders in den Ferien mit meiner damaligen besten Freundin meine gesamte Freizeit verbracht hatte.

„Moin Julian“, begrüßte uns Hinnerk. Der Landwirt war mit einer prall gefüllten Kiste mit verschiedenen Lebensmitteln aus dem hinteren Teil des Ladens erschienen. Julian stellte mich freundlich vor: „Das ist Nora. Sie unterstützt Marion in der Strandbude und wird demnächst die Einkäufe übernehmen.“

„Moin Nora. Schön, dich kennenzulernen.“ Hinnerk und ich schüttelten uns die Hände und ich mochte seine norddeutsche, aber warmherzige Art sofort. Er erklärte mir, welche frischen Produkte er in seinem Hofladen anbot. Die Regale waren gefüllt mit regionalen Produkten, von selbstgemachten Marmeladen, eingelegten Gurken bis hin zu frischem Gemüse. Ich war beeindruckt von der Vielfalt der Lebensmittel und der Liebe zum Produkt. Es war offensichtlich, dass Hinnerk mit Leidenschaft bei der Sache war. Julian und Hinnerk unterhielten sich noch eine Weile über die aktuellen Ernteergebnisse und regionalen Schwierigkeiten. Währenddessen schaute ich mich noch etwas weiter um und genoss die angenehme entspannte Atmosphäre.

Unsere zweite Station war eine Bäckerei. Beim Duft von frisch gebackenem Brot und Brötchen bekam ich sofort Hunger. Wir luden zwei Kisten mit Bäckereiwaren ein und als könnte er meine Gedanken lesen, reichte Julian mir ein Franzbrötchen.

„Hier, noch warm."

„Wow, danke! Das duftet einfach phantastisch", sagte ich und biss in das noch warme Gebäckstück.

„Ja, die Franzbrötchen hier sind unschlagbar. Eine meiner morgendlichen Schwächen", gestand er.

„Verstehe ich komplett. Die hier sind aber auch wirklich ausgesprochen gut! Und das kann ich als Hamburgerin natürlich beurteilen", sagte ich mit einem Augenzwinkern.

„Ich werd´s Jonas beim nächsten Mal ausrichten!" nuschelte Julian mit vollem Mund, während wir zurück ins Auto stiegen.

„Jonas?" fragte ich verständnislos.

„Ihm gehört die Bäckerei", klärte Julian mich auf und startete den Motor. „Wir waren damals zusammen in der Schule. Hat mir irgendwie imponiert, dass für ihn immer feststand, eine Ausbildung als Konditor und Bäcker zu machen, um dann die Bäckerei seines Vaters zu übernehmen."

„Ja, so eine Treue zur Tradition gibt es eher selten. Ich wusste nach dem Abi erst gar nicht, was ich eigentlich machen will. Ich hab´ dann ehrlicherweise das Lehramtsstudium auch eher halbherzig angefangen."

„Hmm", machte Julian. „Ich war auch erschlagen von den Möglichkeiten, die man nach der Schule hatte. Ich habe dann mehrere Praktika gemacht, bis ich die Richtung wusste."

„Wie gut, dass aus uns am Ende doch noch etwas geworden ist", lachte ich, wurde dann aber wieder ernst: „Ist aber schon ein merkwürdiges Gefühl, dass ich dem Beruf, der jahrelang mein Leben ausgefüllt hat, jetzt gerade so den Rücken zugekehrt habe. Und – wenn ich ehrlich bin – kann ich mir gerade überhaupt nicht vorstellen, jemals wieder dahin zurückzukehren."

„Ist doch aber mehr als legitim, wenn man sein Leben nochmal neu ausrichtet. Du bist doch jung und auch frei – oder täusche ich mich da?" Julian warf mir einen verschmitzten Blick zu. Wollte er auf diese Weise herausfinden, ob ich Single war?

„Also frei schon, aber jung… naja. Ich bin immerhin schon 38 und gehe damit stark auf die 40 zu." Damit hatte ich meinen Status klargestellt. Ich schaute Julian von der Seite an, konnte aber in seinem Gesicht außer einem zufriedenen Grinsen keine wirkliche Reaktion erkennen.

Wir fuhren eine Weile schweigend und hingen unseren eigenen Gedanken nach, bis wir unsere letzte Station für heute erreichten. Julian parkte den Wagen vor einer großen Scheune und wir stiegen aus.

„Du wirst nicht jedes Mal alle Höfe anfahren müssen. Die Milch, die wir jetzt holen, wird ein- bis zweimal die Woche benötigt. Zu Hinnerk fahre ich auch nicht jedes Mal. Nur die Brötchen benötigen wir natürlich frisch", erklärte er mir. „Manchmal bringt Jonas sie aber auch vorbei, wenn es bei ihm passt. Wir kennen uns wie gesagt schon lange und hier auf dem Land unterstützt man sich, wenn man eben kann."

„Das klingt nach einer großartigen Gemeinschaft", bemerkte ich anerkennend. Julian holte eine rote Plastikkiste mit leeren Milchflaschen aus dem Kofferraum, um diese gegen eine Ladung frisch gefüllter auszutauschen, wie er mir dabei erklärte.

Wir betraten die Scheune, die zu einem modernen Milchhof umfunktioniert war. Die Milchtanks standen ordentlich in einer Reihe und Julian ging zielstrebig in die rechte hintere Ecke, wo neben großen Milchkannen dieselben roten Plastikkisten mit vollen Milchflaschen standen.

Nachdem wir alles eingeladen hatten, fuhren wir zurück zur Strandbude. Ich war beeindruckt, wie verbunden die Menschen hier waren und wie gut und selbstverständlich sich Tradition und Moderne verbinden ließen.

„Und? Habt ihr alles bekommen?" Als wir zurück in der Strandbude kamen, wartete Marion schon auf uns.

„Alles besorgt und Nora als neue Einkäuferin eingearbeitet", bestätigte Julian.

Während die beiden begannen, das Auto auszuräumen, entschuldigte ich mich kurz. Ich hatte vorhin in der

Eile vergessen, mein Handy mitzunehmen und lief schnell nach oben in mein Zimmer. Sicher hatte Pippa mir geantwortet und wunderte sich vermutlich schon, weshalb ich nicht mehr zurückschrieb. So langsam vermisste ich meine beste Freundin und ich hatte sie in meiner Nachricht gestern Abend gefragt, ob sie Lust hätte, mich demnächst mal hier oben in meinem neuen Leben zu besuchen. Insgeheim hoffte ich, dass sie vielleicht schon einen Besuch geplant und sich ein Wochenende hierfür herausgesucht hatte. Als ich den Flur betrat, blieb ich abrupt stehen. Meine Zimmertür stand weit offen. Ich war mir absolut sicher, diese geschlossen zu haben, nicht zuletzt wegen Mina. Ich trat ein und schaute mich um. Mina lag nicht mehr in ihrem Körbchen. Unruhe ergriff mich und mein Magen verkrampfte. Ich rief nach ihr, doch es blieb stumm.

11

Ich eilte aus dem Zimmer, in meinen Ohren rauschte es. Ich durchsuchte die Küche und schaute in jeden Raum des Hauses. Dabei rief ich immer wieder Minas Namen, doch von meinem Hund fehlte jede Spur. Mittlerweile hatten auch Marion und Julian mitbekommen, dass etwas nicht stimmte und ich berichtete kurz, was passiert war.

„Ich schaue im Garten nach“, rief Julian und lief zurück auf den Hof.

Marion versuchte mich zu beruhigen, indem sie behutsam meine Schulter berührte. „Wir finden sie schon. Vermutlich kommt sie nach einer ausgiebigen Streunerrunde wieder zurück!“

Aber meine Sorge ließ sich nicht so leicht vertreiben. Besonders Minas ausgeprägter Jagdtrieb und ihre Unachtsamkeit, was das Überqueren von Straßen anging, bereiteten mir große Bauchschmerzen. Panik ergriff mich und ich konnte die Tränen nicht zurückhalten.

Julian kam zurück und Marion und ich schauten ihn erwartungsvoll an.

Aber er schüttelte nur den Kopf. „Nichts, ich habe überall gesucht. Da draußen ist sie nicht.“

„Sucht ihr beide in der Nachbarschaft und in den angrenzenden Wiesen. Ich bleibe hier, falls Mina so wieder auftaucht", schlug Marion vor.

Julian war sofort an meiner Seite und wir liefen los. So hilflos wie ich mich fühlte, war ich mehr als froh darüber, jemanden zu haben, der einen kühlen Kopf bewahrte und mir in dieser angespannten Situation zur Seite stand. Wir durchkämmten die Nachbarschaft, riefen immer wieder Minas Namen und fragten Passanten und Spaziergänger, denen wir begegneten, ob sie einen kleinen braunen Hund gesehen hatten. Aber Mina war nicht aufzufinden. Je länger wir suchten, desto mehr wuchs meine Verzweiflung. Ich betete, dass meine kleine Hündin in Sicherheit oder womöglich inzwischen bei Marion aufgetaucht war. Das kleine Fünkchen Hoffnung starb allerdings, als wir in die Strandbude zurückkehrten. Mina war und blieb verschwunden.

Die folgenden Stunden zogen an mir vorüber wie ein endloser Albtraum. Jede Minute fühlte sich an wie eine Ewigkeit. Julian hatte sich aufgrund eines Termins verabschieden müssen und Marion sprach mir immer wieder Mut zu, dass Mina bestimmt demnächst wieder auftauchen würde. Während sie sich um die Gäste kümmerte, stand ich so neben mir, dass Marion mir befahl, mich an den Küchentisch zu setzen und einen Beruhigungstee zu trinken, den sie mir vorsetzte. Auch wenn dies vermutlich nur Tierbesitzer verstehen würden, konnte ich an nichts anderes denken als an Mina und ihr Fehlen zerriss mir fast das Herz. Immer und immer wieder fragte ich mich, was passiert sein musste, dass meine

Zimmertür offenstand und mein Hund entwischen konnte.

Sie war mir bereits einmal ausgebüxt. Ich hatte Mina gerade ein paar Monate und wollte im Wald den Freilauf üben, als vor uns ein Hase aus dem Dickicht sprang. Damals hatte ich mir auch vor lauter Panik die Seele aus dem Hals geschrien, mein Hund kam aber nach einigen Minuten (gefühlten Stunden) reumütig von allein wieder zurück. Seitdem wusste ich, dass sie zwar sehr auf mich fixiert war, gegen ihren Jagdtrieb allerdings wenig ankam. Katzen, Eichhörnchen, einige Vogelarten und jegliche Wildtiere schalteten bei meinem Hund jegliches Orientieren am Frauchen aus. Ich wusste zudem, dass Minas Jagdtrieb ein tief verwurzelter Instinkt ist, den ich ihr nicht einfach wegtrainieren konnte. Vielmehr hatte mir meine Hundetrainerin zu verstehen gegeben, dass es wichtig war, den Jagdtrieb anzunehmen und angemessen damit umzugehen, um sowohl die Sicherheit des Hundes als auch die der Umgebung zu gewährleisten.

Ich weiß nicht, wie viel Zeit mittlerweile vergangen war, als ein Gast an der Rezeption auftauchte und mit Marion sprach. Ich bekam nur Wortfetzen mit, als ich jedoch etwas von „Hund entwischt“ hörte, sprang ich auf und lief nach vorne.

„Was ist passiert?“ platze ich heraus. Ich stellte mich neben Marion, die mir eine Hand auf den Rücken legte.

Der Gast zögerte einen Moment und schien sich unwohl zu fühlen. Dann erklärte er zögerlich, dass er sich heute morgen in der Tür geirrt und aus Versehen ein Zimmer betreten hatte, aus dem ihm ein kleiner brauner Hund entgegenkam. Er wollte sich entschuldigen und sich vergewissern, ob der Hund wieder eingefangen worden war. Ich bekam wieder einen Kloß im Hals. Nun hatte ich Gewissheit, warum Mina verschwunden war. Ich wusste natürlich, dass ich dem Gast, einem Mann im Rentenalter, keinen Vorwurf machen durfte. Aber meine Angst um Mina war zu groß und ich war dankbar, dass Marion die Erklärungen übernahm und den Gast beruhigte.

Plötzlich klingelte mein Handy. Eine sachliche aber freundliche Stimme erkundigte sich, ob ich die Halterin einer kleinen Hündin war. Diese sei von einem Landwirt gefunden worden und befinde sich nun in der Tierklinik. Es schien als würde die Zeit stillstehen, als sich die Stimme als Ärztin vorstellte und mir mitteilte, dass Mina von einem Auto angefahren und dadurch schwer verletzt worden war.

Die Tierärztin erklärte ruhig, dass sie Mina behandeln und untersuchen wollten, dafür aber meine Zustimmung benötigten. Tränen traten mir in die Augen, aber ich zwang mich, einen klaren Kopf zu behalten. Mit zittriger Stimme brachte ich ein „Ja natürlich“ heraus und erfragte noch, in welcher Tierklinik sie sich befand.

Nachdem ich aufgelegt hatte, konnte ich meine Tränen nicht mehr zurückhalten. Marion nahm mich in den Arm und versuchte, mich zu beruhigen. Der ältere Herr, der Mina versehentlich entkommen ließ, schien verstanden zu haben, welcher Schaden durch seine Unachtsamkeit entstanden war und zeigte sich betroffen. Er kenne die Klinik und versicherte mir, dass mein Hund dort in den besten Händen sei. Ich hörte nur halb hin und war mit meinen Gedanken längst woanders.

Obwohl Marion mich davon abhalten wollte, so kopflos, wie ich war, ins Auto zu steigen, schaffte ich es dennoch, sie davon zu überzeugen, dass ich in der Lage war, allein zur Klinik fahren. Sie wollte Julian anrufen, der mich fahren sollte, aber ich wollte und konnte nicht warten. Ich griff nach meiner Jacke und meiner Tasche und lief aus dem Haus.

Auf dem Weg in die Klinik fing es furchtbar an zu regnen, was mehr als gut zu meiner Verfassung passte. Ich hatte nun nicht mehr das Gefühl, meine Tränen zurückhalten zu müssen und ließ ihnen freien Lauf. Die Angst um Mina brachte meine schlimmsten Erinnerungen wieder an die Oberfläche. Der Autounfall, der mir damals viel zu früh meine beiden Eltern nahm, hatte meine Seele zutiefst erschüttert und mich mit einer Verlustangst zurückgelassen, mit der ich immer wieder zu kämpfen hatte. Mina war nach dem Tod meiner Eltern neben Pippa zu meiner Familie, meiner treuesten Begleiterin geworden. Kaum auszudenken, was wäre, wenn sie mir nun ebenfalls auf diese grausame Weise genommen werden würde. Ich kämpfte gegen diesen beängstigenden Gedanken und je näher ich der Tierklinik kam, desto mehr gewann ich meine Fassung zurück.

Als ich mein Auto auf dem Parkplatz steuerte, entdeckte ich Julian, der sofort auf mich zukam. Ohne viele Worte nahm er mich in den Arm und gemeinsam traten wir an den Rezeptionstresen. Man bat uns im Warteraum Platz zu nehmen, da Mina sich noch im OP befand und ich war froh, dass sich außer einem kleinen Mädchen mit einem Kaninchen auf dem Schoß ansonsten niemand im Wartezimmer befand.

„Danke“, sagte ich zu Julian, der sofort verstand und mir ein tröstendes Lächeln entgegenbrachte. „Marion hat mich angerufen und als ich hörte, was passiert war, bin ich gleich losgefahren. Ich weiß nur zu gut, wie gut es tut, in manchen schweren Stunden nicht allein zu sein.“

Nach einer gefühlten Ewigkeit erschien eine freundlich aussehende Ärztin, ungefähr in meinem Alter und bat mich ins Sprechzimmer. Ich schaute in Julians Richtung, der wieder wortlos verstand und mich begleitete. Dr. Martens berichtete, dass Mina bei dem Unfall mehrere Verletzungen davongetragen hatte, sie aber stabil sei. Die Knochen wären nicht gebrochen, meine Hündin hätte aber einen Milzriss erlitten, der jedoch soweit behoben werden konnte. Sie hätte Schmerzmittel und eine Infusion erhalten und befände sich nun in der Aufwachphase.

Ich zitterte am ganzen Körper und spürte, wie sich meine Anspannung ganz leicht zu lösen begann. Es war ernst aber nicht hoffnungslos und die Aussage, dass mein Hund stabil sei, war für mich gerade eine erlösende Nachricht.

„Wie geht es denn jetzt weiter?“ wollte ich wissen.

„Ich denke, morgen kann ich mehr sagen. Die Genesungszeit nach solch einer Verletzung kann sehr unterschiedlich lang ausfallen. Ich bin aber guter Dinge und denke, wenn alles gut verläuft, dass Sie Mina in ein paar Tagen wieder mit nach Haus nehmen können“, schloss Frau Dr. Martens ihre Ausführungen.

Ich bedankte mich mehrfach, fühlte aber noch den Drang, Mina einmal zu sehen. Dr. Martens erklärte sich bereit, mich kurz zu ihr zu bringen.

Der Anblick, des immer noch stark sedierten Hundekörpers mit allerlei Schläuchen und Kabeln trieb mir erneut Tränen in die Augen. Aber ich war mir sicher, Mina würde die Nacht in guten Händen verbringen und so konnte ich schließlich gehen.

Julian hatte draußen auf mich gewartet. „Wie geht's dir jetzt?"

Ich seufzte. „Auf jeden Fall besser, da ich weiß, dass Mina stabil ist. Aber ich kann es immer noch nicht glauben, wie knapp das alles war. Wenn sie nicht so schnell in die Tierklinik gebracht worden wäre…" Mir versagte die Stimme und ich ließ mich in Julians Umarmung sinken. Einerseits war es mir unangenehm, so einen Gefühlsausbruch vor ihm zuzulassen, auf der anderen Seite war ich einfach nur froh darüber, dass er da war und mich festhielt. Nach einer Weile des Schweigens hob Julian sanft mein Kinn an, so dass ich gezwungen war, ihm in die Augen zu sehen. Sein Blick war voller Mitgefühl, Verständnis und Wärme. Langsam näherte er sich mir und unsere Lippen waren nur noch einen Hauch voneinander entfernt. Ein Kribbeln durchzog meinen gesamten Körper und ich schloss die Augen, als sich unsere Lippen berührten. Der Kuss war sanft und liebevoll, voller Emotionen, die wir beide nicht länger zurückhalten konnten. In diesem Moment schienen alle Sorgen und Ängste in den Hintergrund zu treten und es gab für einen Augenblick nur uns und es hatte beinahe etwas Magisches.

„Wow… das war…" war Julian es, der seine Worte wiederfand. Ihn plagten offenbar Gewissensbisse. „Entschuldige Nora, ich wollte nicht..."

„Du brauchst dich für nichts entschuldigen. Das war… schön“, versuchte ich ihm seine entstandenen Schuldgefühle zu nehmen und lächelte ihn mit einem warmen aber zurückhaltenden Lächeln an.

Julian wirkte erleichtert aber weiterhin besorgt. „Ich möchte nicht, dass du denkst, ich hätte… diesen schwachen Moment ausgenutzt.“

Ich zog die Stirn kraus. „Ich bin so froh, dass du da bist und… ich wollte das gerade auch.“ Und mit einem Grinsen fügte ich hinzu: „Außerdem hättest du es deutlich zu spüren bekommen, wenn ich das nicht gewollt hätte!“

Julian verzog den Mund und ich war froh, dass sich die Spannung zwischen uns wieder etwas löste. Als ich zu zittern begann, merkte ich neben meiner sich lösenden Anspannung auch, wie kalt mir hier draußen geworden war.

„Du solltest nach Hause fahren und dich aufwärmen“, sagte Julian und führte mich zu meinem Auto.
Nachdem wir uns zum Abschied noch einmal lange und fest umarmt hatten, stieg ich schließlich ein und startete den Motor.

Ziemlich aufgewühlt fuhr ich zur Strandbude zurück. Die verzweifelte Suche nach Mina, ihr Unfall und eben der Kuss - in meinem Kopf rauschte es und meine Gedanken und Gefühle wirbelten herum.

Ich rief Marion von unterwegs kurz an, um ihr Bescheid zu geben und die Erleichterung war auch ihr mehr als anzumerken, als ich berichtete, wie es um Mina stand. Inzwischen war es Abend geworden und als sie vorschlug, eine Kleinigkeit zu Essen für uns zuzubereiten, merkte ich erst, dass ich den ganzen Tag über noch nichts gegessen hatte und es vernünftig war, dies nachzuholen.

Ich fand Marion in der Küche. Sie stand am Herd und rührte gedankenverloren in einem Topf. Als ich hereinkam, ließ sie den Löffel sinken und kam auf mich zu, um mich zu umarmen. Wir setzten uns an den Tisch und sprachen über den turbulenten Tag. Marion hatte für uns ein Risotto gemacht und die breiige lecker gewürzte Speise tat gut im Bauch.

„Unvorstellbar, wie jemand einen Hund anfahren und dann einfach verletzt liegen lassen kann.“ Marion schüttelte den Kopf.

„Ich habe auch keine große Hoffnung, dass dieser jemand gefunden und zur Rechenschaft gezogen werden kann“, meinte ich und stocherte auf meinem Teller herum. Der Gedanke daran, wie mein Hund dort hilflos und verletzt auf der Straße lag, schnürte mir wieder die Kehle zu.

Marion legte ihre Hand auf meine. „Mina ist widerstandsfähig und sie hat schon früh in ihrem Leben gelernt, zu kämpfen. Sie wird es schaffen, da bin ich mir sicher. Du wirst sehen, morgen schaut sie dich schon wieder aus ihren großen braunen Augen an und freut sich über ein Leckerli.“

Mein Handy gab seinen bekannten Nachrichtenton von sich. Es war Pippa, die ich schon den ganzen Tag über mit kurzen Nachrichten á la „Ich melde mich später“ vertröstet hatte und nun erneut nachfragte, wie es Mina ging.

„Geh ruhig“, zeigte sich Marion sofort verständnisvoll. „Ich räume hier auf und stelle deinen Teller in den Kühlschrank. Vielleicht packt dich ja später noch einmal der Hunger.“

„Danke Marion, du bist wirklich ein Schatz.“

Ich zog mich in mein Zimmer zurück und wählte Pippas Nummer.

12

„Mina, du schaffst das“, flüsterte ich und streckte meine Hand durch das Gitter, um meine kleine Hundedame zu streicheln. Sie hob ihren Kopf leicht an und ich merkte, dass sie mich erkannte. Der Versuch eines Schwanzwedelns füllte mein Herz mit Erleichterung und rührte mich.

Bisher brachte der Tag positive Nachrichten. Die freundliche Dame am Empfang der Tierklinik hatte nochmals bestätigt, dass die OP sehr gut verlaufen sei und Mina sich weiterhin stabilisiere. Wenn sich alles weiterhin so gut entwickeln würde, könne ich meine Hündin zum Wochenende mit nach Hause nehmen. Sie hatte mich in den Raum geführt, in dem Mina untergebracht war und mein Herz klopfte, als ich meinen Hund in seinem Käfig sah, wie sie dort lag und langsam die Augen öffnete. Nun war meine Zuversicht gewachsen, dass alles wieder gut werden würde.

Auch das Telefonat mit Pippa gestern Abend hatte mir Kraft gegeben. Obwohl sie räumlich entfernt war, konnte sie mich mit ihren Worten und der Gewissheit, sie stets an meiner Seite zu wissen, trösten und stärken. Den Kuss mit Julian hatte ich vorerst verschwiegen. Ich musste das erst einmal für mich sacken lassen und wusste bisher nicht, wie oder wo ich das einordnen sollte. Das alles würde sich zeigen und vorerst stand die Genesung meiner geliebten Fellnase an oberster Stelle.

Minas kleiner Körper zuckte und ich versuchte ihr, durch das Streicheln ihres Rückens, meine Anwesenheit zu vermitteln. Mein Herz blutete erneut. Auch wenn sie auf dem Weg der Besserung war, der Anblick ihres kämpfenden Körpers fügte mir nach wie vor seelische Schmerzen zu. Es würde noch ein paar Tage dauern, bis alle Wunden verheilt sein würden.

Ich blieb etwa zwei Stunden neben Mina sitzen. Inzwischen waren mir die Beine eingeschlafen von der unbequemen Sitzhaltung und meine Hand kribbelte vom vielen Streicheln. Ich rappelte mich vom Boden auf und wartete kurz bis das Leben in meine Gliedmaße zurückkehrte. Ich versprach Mina am nächsten Tag wieder da zu sein. Ein leicht geöffnetes Hundeauge reichte mir als Antwort und ich wand mich zum Gehen. Ein anderer tierischer Patient, der neben Mina in einer deutlich größeren Box lag, winselte leise. Mein Herz zog sich zusammen und ich hoffte, Mina ganz bald wieder mitnehmen zu können.

Auf dem Weg zum Auto, schaute ich auf mein Handy und sah, dass Marion mich mehrfach versucht hatte anzurufen.

„Hey, Marion. Entschuldige, ich habe etwas die Zeit vergessen“, meldete ich mich bei ihr zurück.

„Macht gar nichts, zuerst will ich hören, wie es Mina geht!“

Ich berichtete kurz und hörte, wie Marion erleichtert ausatmete. Sie bat mich, auf dem Rückweg noch die Bettwäsche und Tischdecken aus der Wäscherei abzuholen.

„Lass dir aber ruhig Zeit. Vielleicht fährst du zum Strand und lässt dir etwas frischen Wind um die Nase wehen? Das wirkt oft Wunder."

„Danke, das mache ich glaube ich wirklich. Etwas Bewegung an frischer Luft wird mir bestimmt guttun", stimmte ich zu. „Außerdem kann ich dann noch etwas erledigen, was ich längt vorhatte!" murmelte ich halb ins Telefon, halb zu mir selbst.

„Ich verstehe zwar nicht, was du meinst, aber mach du mal", schloss Marion das Gespräch.

Nachdem ich mein Auto am Ordinger Strand abgestellt hatte, stapfte ich los. Dabei kämpfte ich gegen den inzwischen deutlich frischeren Herbstwind an und ärgerte mich darüber, keine Mütze dabei zu haben. Stattdessen band ich mir meine Kapuze eng um den Kopf, während Wind und Kälte an meinem Gesicht zerrten. Der Strand war weitgehend leer, nur ein paar Spaziergänger mit ihren Hunden waren zu sehen und vereinzelte Möwen durchbrachen die Stille. Mit jedem Schritt fühlte ich, wie die Last der vergangenen Stunden sich langsam von meinen Schultern zu lösen schien und wie gut mir die Luft und die Weite hier taten.

Als ich das Pfahlbaurestaurant erreichte, war ich regelrecht außer Atem. Ich hatte gar nicht bemerkt, wie schnell ich gelaufen war und versucht hatte, meinen Stress abzulaufen. Ich stieg die Stufen hinauf und betrat das gemütliche Lokal. Wärme schlug mir entgegen und ich hatte sofort das Bedürfnis meine Jacke auszuziehen.

„Nora, wie schön dich zu sehen," begrüßte mich Ben, der gerade aus der Küche kam. „Ist alles in Ordnung? Oder warum bist du so aus der Puste? Und wo hast du deinen Hund gelassen?"

Ich erklärte Ben, was passiert war und er versprach, sich gleich kurz zu mir zu setzen.

Ich hatte mir gerade einen Platz an einem Tisch am Fenster gesucht, als Ben auch schon mit einem Glas Wasser und einem dicken Stück Pflaumenkuchen mit Sahne zurückkam. „Hier, du siehst so aus, als ob du das heute gut gebrauchen könntest."

„Lieb von dir. Das sieht wirklich gut aus", bedankte ich mich. Beim Anblick des Kuchenstücks bekam ich wirklich Appetit und ich wertete auch das als gutes Zeichen, dass es nun wieder bergauf ging.

„Aber jetzt erzähl mal. Was ist denn genau passiert?" wollte Ben wissen.

Auch wenn wir in unserem Gespräch immer wieder unterbrochen wurden, weil Ben in die Küche oder zu einem Gast gerufen wurde, tat es gut, mit ihm zu sprechen. Er zeigte ein hohes Maß an Mitgefühl und wollte detailliert wissen, was passiert war.

„Oh man, dass dich das ganz schön mitgenommen hat, kann ich mir vorstellen", sagte er, als ich mit meiner Berichterstattung am Ende war. „Aber ich bin mir ganz sicher, dass Mina schon bald wieder ganz die Alte ist und ihr beide wieder gemeinsam eure Runden am Strand drehen werdet."

„Ja, das hoffe und denke ich auch", gab ich mich zuversichtlich. „Aber es gibt noch einen weiteren Grund, wieso ich hergekommen bin."

Ben hob eine Augenbraue und schaute fragend.

„Ich wollte dich fragen, ob du einen Koch kennst oder eher, ob du uns einen vermitteln kannst. Wir planen, in der Strandbude einen Kochabend zur veranstalten. Und nun suchen wir jemanden, der einigermaßen gut kochen kann, Leuten das Kochen näherbringt und auch ein bisschen was zu Produkten erzählen kann", erklärte ich.

„Das klingt wirklich gut. Gemeinsames Kochen als kleines Event in eurer Pension halte ich für eine gute Idee! Wenn das Erfolg hat und sich herumspricht, zieht das sicher noch mehr Gäste an." Ben nickte anerkennend. „Ich frage später mal Freddy, unseren Koch. Der ist schon ewig hier, ist in Garding groß geworden und kennt Land und Leute. Für wann habt ihr den Kochabend denn geplant?"

„Wir haben noch kein festes Datum, würden es aber gern noch im Herbst, also so in den nächsten vier bis sechs Wochen umsetzen. Ich hoffe so sehr, dass solche Aktionen Erfolg haben und es mit der Strandbude weiterhin so gut läuft."

„Kein Problem. Das kriegen wir bestimmt hin." Dabei legte er aufmunternd seine Hand auf meine.

Als er meinen irritierten Blick sah, fing er an zu lachen. „Entschuldige. Ich bin manchmal etwas zu überschwänglich. Aber bei dir habe ich irgendwie das Gefühl, dass wir uns schon lange kennen. Das war nicht als Anmache gemeint. Ich habe mich schon im Teenie-Alter dem anderen Geschlecht zugewandt." Ich lachte gespielt locker und versuchte zu verbergen, dass mich seine Berührung tatsächlich etwas irritiert hatte.

„Oookay. Also nachdem wir das geklärt haben…“ sagte ich lachend und räusperte mich. Wir verabschiedeten uns voneinander und Ben versprach, sich umzuhören.

Satt und zufrieden über die Aussichten, vielleicht bald einen Koch gefunden zu haben, verabschiedete ich mich und machte mich auf den Rückweg.

Der Himmel hatte sich weiter zugezogen und ich merkte zudem, dass es deutlich früher zu dämmern begann. Auf dem Weg zur Strandbude hielt ich wie verabredet in der Wäscherei. Ich war ganz froh, dass ich Marion damit heute wenigstens etwas zu Hand gehen konnte. Meine Sorgen um Mina nahmen gerade schon ziemlich viel Raum und Zeit ein. Ich war mir aber sicher, dass sich Marion freuen wird, wenn ich ihr später von meinem gut gelaufenen Gespräch in Sachen Kochabend erzählen würde.

In den nächsten Tagen fuhr ich viel zwischen Tierklinik und der Pension hin und her. Minas Zustand stabilisierte sich weiter und ich fieberte sehnsüchtig ihrer Entlassung entgegen. Von Julian hatte ich außer einer kurzen SMS, in der er sich nach Minas Befinden erkundigte, nichts mehr gehört. Sein auffälliges Fernbleiben löste ein aufkommendes ungutes Gefühl in mir aus, aber ich versuchte mich auf Minas Genesung zu konzentrieren und dankbar für die weiterhin positive Entwicklung ihres Zustandes zu sein.

Als ich am Freitagmorgen meine Augen aufschlug, sprang ich voller Tatendrang aus dem Bett. Meine

Vorfreude mischte sich mit Ungeduld. Ich konnte es kaum abwarten, dass die Gäste ihr Frühstück beendeten, damit ich endlich losfahren konnte, um Mina abholen zu können.

Auch Marion schien heute besonders guter Laune zu sein. Sie schaute auffallend häufig auf ihr Handy und schien mit jemandem zu schreiben. Vielleicht war sie am Wochenende verabredet? Während sie auf dem Handy herumtippte, schien ihr Blick abwesend und zufrieden. Vielleicht hatte sie jemanden kennengelernt? Mir fiel auf, dass ich gar nicht wusste, wie es um Marions Liebesleben stand. Außer ihrem Bruder Julian schien sie niemanden in ihrem näheren Umfeld zu haben und allein zu leben. „Gute Nachrichten? Du strahlst ja so", wagte ich einen vorsichtigen Versuch.

„Wie?" Marion schien fast ertappt. „Ja, alles super. Ich freue mich, dass Mina heute entlassen wird." Marion lächelte mich an und strich mir über die Schulter. Ich würde abwarten, bis sie mir von selbst davon erzählen würde.

„Lass dir ruhig Zeit nachher. Vielleicht macht ihr noch einen Abstecher an den Strand? Auch wenn Mina vermutlich noch etwas Schonung braucht, freut sie sich sicher, über etwas Auslauf und Nordseeluft nach dem vielen Liegen in der Box."

„Ich schaue mal, wie fit meine Kleine ist und was die Tierärztin erlaubt", antwortete ich und schnappte mir Jacke und Tasche und machte mich endlich auf den Weg.

Am Empfang der Tierklinik traf ich auf die Ärztin, die mich gleich zu Mina führte. Sie gab mir noch einige Anweisungen, wie ich Mina in den nächsten Tagen pflegen sollte und welche Medikamente sie benötigte. Ich hörte aufmerksam zu und bedankte mich für die professionelle Betreuung. Nachdem die Helferin meine Hundedame aus der Box befreit und sie mir übergeben hatte, kamen mir vor Erleichterung und Dankbarkeit die Tränen. Mina schleckte mir durchs Gesicht und ich freute mich zu sehr, um mich dagegen zu wehren.

„Lassen Sie es mit den ersten Spaziergängen noch langsam angehen“, beantwortete die Ärztin meine Frage nach Bewegung. „Ihre Hündin wird am Anfang mehr wollen, als sie kann. Dann müssen sie sie etwas bremsen.“

„Ich werde gut auf sie aufpassen“, versprach ich und verließ gemeinsam mit Mina die Praxis.

Auch wenn ich wusste, dass mein Hund noch Schonung brauchte, hatte ich das Bedürfnis wenigstens kurz mit Mina an den Strand zu fahren.

Sie trabte zwar noch sehr langsam neben mir her, schien aber ihre zurück gewonnene Freiheit sichtlich zu genießen. Ich beobachtete, wie sie ihre Nase in den Wind hielt und neugierig witterte. Nachdem sie alle ihre Geschäfte erledigt hatte und ich mich darüber gefreut hatte, dass auch das wieder zu funktionieren schien, traten wir den Rückweg an. Zeit, um nach Hause zu fahren. Mir war nach einem gemütlichen Abend und ich freute mich auf ein Gläschen Wein vor dem Kamin.

Als ich die Tür der Strandbude aufschloss, wurde ich von einem verlockenden Duft empfangen, der aus der Küche kam. Marion schien gekocht zu haben und ich freute mich darauf, gemeinsam mit ihr zu essen und den Abend zu verbringen.

„Wir sind zurück!“ rief ich in Richtung der Küche. „Ich hole noch eben Minas Körbchen aus meinem Zimmer, damit sie sich zu uns legen …“ Weiter kam ich nicht, denn die Tür der Küche schwang auf und es war wider Erwarten nicht Marion, die herauskam.

„Pippa!“ rief ich und stürmte auf meine Freundin zu. „Was machst du denn hier?“ Mein Herz hüpfte und wir fielen uns um den Hals. Ich kämpfte schon wieder mit den Tränen, diesmal allerdings vor Freude und mir fiel auf, wie sehr ich meine beste Freundin vermisst hatte.

„Überraschung geglückt - würde ich sagen“, lachte Pippa. „Ich muss doch da sein, wenn hier Not am Mann ist. Ich wollte es mir auf keinen Fall nehmen lassen, mich persönlich davon zu überzeugen, dass ihr beide wohlauf seid. Außerdem ist ein Besuch längst überfällig!“ Pippa kniete sich zu Mina, die sich auch sichtlich freute, meine Freundin wiederzusehen. „Und dir, du kleine Fellnase, scheint es Gott sei Dank wieder besser zu gehen!“

„Essen ist gleich fertig, ihr beiden“, kündigte Marion an, die zufrieden lächelnd im Türrahmen stand. Wir folgten ihr in die Küche und ich staunte, als ich den liebevoll gedeckten Tisch sah. „Also Marion, du scheinst wenig überrascht über unseren spontanen Gast zu sein“, stellte ich etwas misstrauisch fest.

Marion grinste. „Na, sagen wir mal so. Ich wusste von Pippas Besuch ein klein wenig eher als du…“ Sie betonte ihre Aussage, indem sie Daumen und Zeigefinger vor ihrem linken Auge eng zusammenführte.

„Danke ihr beiden. Ich weiß gar nicht, was ich ohne euch tun würde, “ sagte ich gerührt.

„So, bevor es zu sentimental wird, setzt ihr euch jetzt mal hin und ich hole die Lasagne aus dem Ofen", entschied Marion. Nachdem ich Mina mit Futter und ihren Medikamenten versorgt hatte, saßen wir schließlich alle am Tisch und ließen es uns schmecken. Wir hatten uns alle viel zu erzählen und genossen unser Wiedersehen.

„Störe ich?" ertönte plötzlich eine Stimme hinter uns.

Wir verstummten und drehten uns um. Julian stand in der Tür und schaute lächelnd in die Runde.

„Nein, überhaupt nicht! Schön, dass du da bist. Setz dich doch zu uns." Marion stand auf und holte Teller und Besteck.

Pippa hatte einen leicht fragenden Blick auf dem Gesicht.

„Das ist Julian, Marions Bruder", klärte ich auf. „Und das ist Pippa, meine beste Freundin", stellte ich weiter vor.

„...und damit das verbindende Glied zwischen Nora und mir. Und dadurch eigentlich unsere Retterin! Ohne Pippa wäre Nora nie hier gelandet! " ergänzte Marion und lächelte mich an.

„Na dann umso schöner, dich einmal kennenzulernen." Julian lächelte herzlich und gab Pippa die Hand. Dann richtete er seinen Blick auf mich. Sofort durchzog mich wieder dieses Kribbeln „Nora, es tut mir leid, dass ich nicht eher kommen konnte. Wie geht es Mina? Hat mit der Abholung alles geklappt?"

Alle Augen waren auf mich gerichtet und ich spürte, wie mir die Röte ins Gesicht stieg. `Manno, wieso passiert das immer` ärgerte ich mich still.

„Es geht ihr besser, danke. Sie muss sich natürlich weiter erholen aber ich durfte sie mitnehmen und sie scheint auf einem guten Weg zu sein.“ Um den Blicken etwas zu entkommen, wies ich auf Mina, die in ihrem Hundekörbchen lag und ruhig beobachtete, was um sie herum vor sich ging.

Julian begrüßte Mina kurz und setzte sich anschließend zu uns an den Tisch. Unsere Blicke trafen sich und es entstand sofort wieder diese Spannung zwischen uns. Ich versuchte zu verbergen, wie sehr mich seine Anwesenheit durcheinanderbrachte und war dankbar, als Pippa das Gespräch wieder aufnahm und munter drauf los plapperte. Pippa warf mir einen kurzen Blick zu und ich wusste sofort, dass sie verstand.

13

„Also ich hab´ mir ja schon fast ein bisschen gedacht, dass Julian dir gefallen würde, als du mich mehrfach nach ihm gefragt hast, aber DAS hab ich nicht erwartet! Da knistert es ja gewaltig zwischen euch beiden!“ Pippa grinste breit und rieb sich die Hände.

Wir saßen in unseren Pyjamas auf meinem Bett und besprachen den Abend. Das hatten wir schon früher so gemacht, wenn wir von einer Party oder einem gemeinsamen Abend kamen und es um Männer oder Beziehungen ging. Mina lag zwischen uns und genoss die ausgiebigen Streicheleinheiten.

Ich lachte nervös und überlegte gerade, ob und wie ich ihr von unserem Kuss erzählen sollte, als Pippa mir meine Entscheidung abnahm:

„Nora… du verschweigst mir was, oder?“ Sie grinste mich herausfordernd an und ich fühlte mich plötzlich wieder wie ein dreizehnjähriger Teenager.

„Naja also… wir haben uns neulich einmal geküsst!“

„Waaas?“ rief Pippa schrill. „Und das erzählst du mir erst jetzt?“

„Ach, es war als ich so fertig war, nachdem Mina in die Tierklinik gekommen war. Er war einfach an meiner

Seite und so selbstverständlich für mich da. Und in dieser Emotionalität haben wir uns dann irgendwie geküsst."

„Irgendwie geküsst... so so", äffte sie mich augenzwinkernd nach. „Also, dass der dich mehr als toll findet, sieht echt ein Blinder mit Krückstock."

Ich amüsierte mich über Pippas altertümliche Ausdrucksweise. „Ist doch so!" lachte sie zurück.

„Ach, ich weiß auch nicht", spielte ich es herunter. „Ich mag ihn auch sehr, aber was ist, wenn er in mir nur die „neue Hilfe" für die Pension sieht?"

Pippa lehnte sich zurück und steckte ihre nackten Füße unter die Bettdecke. „Wieso sollte er? `Die neue Hilfe für die Pension´ küsst man doch nicht!"

„Naja ich meine, vielleicht ist Julian mir einfach nur dankbar, dass ich Marion nach der schweren Zeit mit der Pension wieder auf die Beine geholfen habe. Zumal er schließlich auch der Grund für die finanziellen Schwierigkeiten ist und ihn deshalb nach wie vor das schlechte Gewissen plagt. Außerdem hat er gerade seine Frau verloren und die letzten Monate waren mehr als hart für ihn."

„Ach Nora. Dass du dir keine falschen Hoffnungen machen willst, verstehe ich. Aber ich finde, dass du dich schon auch mal wieder darauf einlassen darfst, jemanden kennenzulernen. Julian scheint doch echt ein toller Mann zu sein, für den es sich lohnt, genauer hinzuschauen."

Ich dachte über ihre Worte nach und sah ein, dass sie vermutlich Recht hatte, auch wenn irgendwas in mir weiterhin zweifelte.

„Lass uns schlafen gehen. Ich bin hundemüde“, gähnte Pippa. „Ich freue mich schon darauf, morgen mit dir den Tag zu verbringen. Und ich habe auch schon eine Idee für den Abend.“ Sie funkelte mich an und stand vom Bett auf. „Aber jetzt schlaft ihr beide erst mal schön und ruht euch aus. Gute Nacht!“

Nachdem Pippa mein Zimmer verlassen hatte, kümmerte ich mich noch um Mina. Um zu verhindern, dass sie in der Nacht unbemerkt an ihrer Narbe leckte oder kaute, hatte ich von der Tierklinik eine Halskrause mitbekommen, die ich ihr nun umband. Auch wenn ich mich innerlich dagegen sträubte, Mina mit diesem monströsen Trichter zu quälen, wusste ich, wie wichtig es nun war, kein Risiko einzugehen. Wenn sich die Narbe entzünden würde oder es andere Komplikationen gab, würde sich Minas Genesung noch länger hinauszögern. Mein Hund schaute mich mit traurigen Augen an. „Ich weiß, dass das doof ist, aber nicht mehr lange und dann können wir das blöde Ding wieder abnehmen“, murmelte ich und strich ihr über den Kopf. Auf dem Weg in ihr Körbchen stieß sie mit dem Trichter erst an einen Stuhl und dann an ein Tischbein und ich verfluchte das Teil schon jetzt.

Ich machte das Licht aus und starrte noch eine Weile an die Decke. Erst als ich nichts mehr hörte und ich mir sicher sein konnte, dass auch Mina eingeschlafen war, fielen mir die Augen zu.

Als ich am nächsten Morgen mit Mina in die Küche kam, saß Pippa schon am Tisch und las die Zeitung. „Na ihr beiden, wie war eure Nacht?“ begrüßte sie uns.

„Ach, ein bisschen unruhig mit dem Trichter. Aber alles in allem ganz in Ordnung. Ich bin einfach nur froh, Mina wieder bei mir zu haben“, antwortete ich und stellte einen Becher unter den Kaffeevollautomaten. „Und bei dir? Bist du schon lange auf?“

„Schon etwas. Ich freue mich so hier zu sein und wollte auf keinen Fall zu lange schlafen und etwas vom Tag verpassen“, sagte Pippa mit ihrer ansteckend fröhlichen Art und ich wusste sofort, was mir in den letzten Wochen gefehlt hat.

„Schön, dass du da bist“, lächelte ich sie an und legte meine Hand auf ihre.

Nachdem Mina versorgt und ich Marion mit den Frühstücksvorbereitungen zur Hand gegangen war, beschlossen wir eine Runde an den Strand zu fahren. Marion schlug vor, auf Mina Acht zu geben, die ich lieber zu Hause lassen wollte, um ihr, wie von der Ärztin angeordnet, genügend Schonzeit zu geben. Ich versprach im Gegenzug, auf dem Rückweg noch die üblichen Stationen anzusteuern und die nötigen Besorgungen für die Pension zu erledigen.

Pippa und ich schlenderten am Strand entlang und genossen den Wind und die salzige und kühle Nordseeluft. Der Herbst war inzwischen deutlich spürbar und ich merkte, dass ich dringend eine wärmere und nordseetauglichere Jacke benötigen würde für die mir bevorstehende Jahreszeit.

„Ach, ist das herrlich!“ Pippa streckte die Arme aus und atmete tief ein. „Ich muss dich wirklich häufiger besuchen.“

„Ja, dagegen hätte ich auch nichts einzuwenden." Ich hakte mich bei Pippa ein. „So, jetzt kannst du mir aber mal deine groß angekündigte Idee für den heutigen Abend verraten."

„Also ich habe mir gedacht, wir beide kochen heute Abend gemeinsam."

„Oookay", sagte ich skeptisch. „Aber da kommt doch noch was oder?"

„Ich finde, wir könnten Marion und ihren Bruder dazu einladen." Pippa grinste verschmitzt.

„Aha, daher weht der Wind", lachte ich. „Ich finde die Idee, Marion zu bekochen, super. Sie hat mich in den letzten Tagen so sehr unterstützt und ich habe mich sowieso schon gefragt, wie ich mich bei ihr bedanken könnte."

„Passt doch! Das wird nett. Und Julian kann doch ganz ungezwungen dazu kommen. Dadurch könnt ihr einfach etwas mehr Zeit miteinander verbringen." Pippa freute sich sichtlich über ihren Plan. Auch ich konnte nicht leugnen, dass ich die Aussicht auf den gemeinsamen Abend ganz verlockend fand. Ich mochte Julian sehr und war nach dem Gespräch mit Pippa nun auch dazu bereit, mich ein bisschen mehr darauf einzulassen. Auch wenn ich mir noch unsicher war, ob er ebenso empfand, wollte ich mich dem Ganzen weniger verschließen.

„Hier gibt es doch bestimmt einen guten Fischhändler", plante Pippa weiter. „Marc hat neulich für mich ein richtiges Angebermenü gekocht, das viel her macht aber total einfach in der Zubereitung ist."

„Ich sehe schon, du hast wirklich einen Plan", gab ich mich beeindruckt. „Dann weißt du sicher auch, wie wir

Julian für heute Abend einladen, ohne dass es zu aufdringlich wirkt?“

„Tssst. Ach Nora, du machst dir viel zu viele Gedanken. Ich weiß nicht, was daran daran aufdringlich sein soll, wenn man jemanden fragt, ob er zu einem Essen mit Freunden dazu kommen möchte?! Aber lass mich nur machen. Das kriegen wir schon hin.“

„Alles klar, Frau Schmitz“, gab ich mich und meine Zweifel geschlagen und salutierte ironisch. „Was tun wir also jetzt als nächstes?“

„Erst Wäscherei, dann besorgen wir dir noch ein schickes Outfit, danach Fischhändler und Supermarkt.“

„Aye, aye!.“

Nach gefühlten Stunden hatten wir alles besorgt und kamen mit voll beladenem Auto wieder zurück zur Strandbude. Ich hatte mich von Pippa sogar dazu überreden lassen, mir ein schwarzes, enganliegendes Strickkleid zu kaufen, was mir laut ihrer Aussage „megagut“ stehen würde und „wie für mich gemacht“ sei. Ich hatte mir schon lange kein Kleidungsstück mehr gekauft, was keine bestimmte Funktion erfüllte. Meine letzten Käufe waren eine wind- und wasserdichte Regenjacke sowie derbe Boots aus robustem Leder gewesen, womit ich bei jedem Wetter und auch am Strand gut ausgerüstet war. Es hatte dahingehend richtig gutgetan, sich einfach der Stimmung hinzugeben und sich in ebendieser etwas zu gönnen. Ganz vielleicht hatte auch das Gläschen Prosecco zur Entscheidungsfreude beigetragen, welches wir in dem Laden serviert bekommen hatten.

Marion freute sich riesig, als wir ihr von unseren Plänen, heute Abend für sie zu kochen erzählten. Als sie uns fragte, ob wir einverstanden wären, wenn Julian auch käme, weil sie mit ihm noch etwas zu besprechen habe, grinste Pippa mich verstohlen an, während ich Marion die Zustimmung gab.

„Mir läuft jetzt schon das Wasser im Mund zusammen“, sagte ich, als Pippa mir am Abend die Menübestandteile erklärte. Das Feuer im Kamin brannte und wir standen mit einem Gläschen Weißwein in der Küche. Ich schnitt Birnen für die Vorspeise in hauchdünne Scheiben und Pippa bereitete den Lachs für den Hauptgang vor.

„Du siehst übrigens super aus heute Abend. Ich bin so froh, dass du das Kleid gekauft hast!“ schwärmte Pippa, während sie Zitronenscheiben auf dem Fisch verteilte. „Julian scheint es auf jeden Fall auch zu gefallen. Sein Blick vorhin sprach Bände.“

„Na, wenn du das sagst…“, war ich nicht ganz überzeugt. „Ich fühle mich auf jeden Fall wohl und das ist die Hauptsache.“ Ich prostete meiner besten Freundin zu. Marion war mit Julian und einem dicken Ordner im Büro verschwunden und wir hatten abgemacht, sie zu holen, sobald die Vorspeise serviert werden sollte.

Ich legte die hauchdünnen Birnenscheiben gefächert auf einen Teller und drapierte frische Feigen- und Avocadoscheiben darauf. Obendrüber streute ich Fetabrösel, gehackte Walnüsse sowie etwas Rucola. Nachdem ich das Feigendressing noch kurz abgeschmeckt und für gut befunden hatte, füllte ich es in kleine Schälchen und stellte es an den Rand des Tellers. „Voila. Sieht doch super aus!" zeigte ich mich mit meinen Anrichtungskünsten zufrieden.

Während Pippa den Lachs in den Ofen schob und unsere beiden Gäste holen ging, machte ich noch die anderen drei Teller fertig.

„Wow, na das sieht ja nach gehobener Sterneküche aus!" staunte Julian als er und Marion sich zu uns an den gedeckten Tisch setzten.

„Wir hoffen, es schmeckt auch so!" Ich erhob mein Glas. „Vielen Dank für eure großartige Unterstützung in den letzten Tagen. Ich weiß gar nicht, was ich oder eher wir ohne euch getan hätten." Ich wandte mich zu Mina, die in der Ecke in ihrem Körbchen lag und ein Auge leicht öffnete und ihre Ohren spitzte. Sie schien wieder einmal zu merken, dass ich über sie sprach.

„Wir sind doch so froh, dass ihr bei uns seid!" gab Marion zurück und stieß mit uns allen an. Das Essen schmeckte köstlich und als die erste Flasche Wein geleert war, wurde die Stimmung noch ausgelassener. Julian sah auffallend häufig in meine Richtung und wenn sich unsere Blicke trafen, fühlte ich ein angenehmes Kribbeln in mir aufsteigen. Spätestens jetzt war ich mir sicher, dass zwischen Julian und mir etwas war, was über Sympathie hinausging. Das bildete ich mir nicht nur ein.

Es war schon länger her, dass ich so empfunden hatte und ich schwankte zwischen der Freude darüber, endlich wieder jemanden getroffen zu haben, der solch ein Kribbeln in mir auslösen konnte und der Angst davor, mir die Finger daran zu verbrennen und enttäuscht werden zu können.

Wir aßen gerade die Hauptspeise und unterhielten uns über unser Lieblingsessen aus der Kindheit, als es an der Haustür klingelte. Sofort fing Mina aufgeregt an zu bellen und während ich versuchte, sie zu beruhigen, stand Marion auf und ging zur Tür. Ihr überraschter Blick verriet, dass sie niemanden mehr erwartete. „Vielleicht hat ein Gast seinen Schlüssel verloren", versuchte Julian eine Erklärung.

„Ben! Das ist ja eine Überraschung!" rief ich, als Marion einen Augenblick später mit meiner Bekanntschaft aus dem Strandbistro im Schlepptau zurück in die Küche kam.

„Hey, ich hoffe ich störe nicht." Als Ben uns beim gemeinsamen Essen sitzen sah, blieb er abrupt stehen. „Ich wollte mich doch wegen der Vermittlung eines Kochs bei dir melden und weil du vergessen hast, mir deine Telefonnummer zu geben, dachte ich, ich komme einfach kurz vorbei. Ich kann sonst aber auch ein anderes Mal wiederkommen."

Marion winkte ab. „Kein Problem, Ben. Ich darf doch Ben sagen? Komm rein und setz dich zu uns. Nora hat mir schon erzählt, dass du uns bei der Suche nach einem Koch unterstützen willst."

Ich umarmte Ben zur Begrüßung und er gab mir ein Küsschen auf die Wange. „Wir haben uns im Strandbistro kennengelernt", klärte ich unsere Verbindung auf. „Irgendwie war es gleich so. als kennen wir uns schon ewig."

Nachdem ich ihm auch die anderen kurz vorgestellt hatte, holte ich noch einen Teller und schenkte Ben Wein ein. Etwas überrumpelt aber am Ende überzeugt, zog der spontane Gast seine Jacke aus und setzte sich auf den freien Platz am Kopfende des Tisches.

„Ich habe gute Nachrichten“, verkündete er. „Ich habe jemanden gefunden, der Lust hätte, als Koch bei eurem Kochabend zu arbeiten. Er heißt Max und ist noch in der Ausbildung, ist demnach aber bezahlbar und kocht wirklich spitze.“

„Das klingt super“, waren Marion und ich gleich überzeugt. Wir weihten auch Pippa und Julian in unsere Pläne für den Kochabend ein und tauschten daraufhin lebhaft weitere Ideen aus. Ben schlug vor, die Region thematisch in den Kochabend miteinzubeziehen. „Dithmarschen ist berühmt für seinen Kohlanbau. Wie wäre es, den doch eher altmodischen Ruf des Kohlgemüses etwas aufzubessern und das Menü so zu gestalten, dass es die Vielfalt und die kulinarischen Möglichkeiten des Kohls zeigt?“ Wir waren uns einig, dass das ein super Vorschlag war, den wir auf jeden Fall umsetzen wollten. „Generell sollten wir bei der Gelegenheit lokale Produkte und Zutaten aus der Region präsentieren“, fand Marion. „Ich bin mir sicher, dass Hinnerk und die anderen Lieferanten, mit denen wir zusammenarbeiten, gerne mit dabei sind, nicht zuletzt, was das Bewerben unserer Veranstaltung angeht.

„Toll, ein Kochabend, der nicht nur köstlich ist, sondern auch die Geschichte und die kulinarischen Schätze der Region zeigt, ist eine großartige Idee und wird bestimmt Touristen und vermutlich auch lokale Gäste anziehen!“ Auch Pippa war von der Idee angetan. Alle waren begeistert und sprudelten vor Einfällen und Plänen.

Einzig Julian wurde im Laufe des Abends immer ruhiger. Kurz nachdem das Dessert verzehrt war, stand er auf und verabschiedete sich kurz angebunden.

„Ich muss morgen früh raus. Vielen Dank für das leckere Essen und euch noch einen schönen Abend“, sagte er und verließ die Küche.

14

Auch wenn das Essen mehr als gelungen und es objektiv ein wirklich netter Abend war, konnte ich eine gewisse Enttäuschung nicht verdrängen. Ich rätselte die ganze Zeit, was Julian so hat abtauchen lassen und fand einfach keine Erklärung dafür. Alles hatte so nett begonnen und ich war mir aufgrund unserer innigen Blicke und der gewissen Spannung, die ich zwischen uns gespürt hatte, nun sicher, dass ich Julian mehr als nur mochte und auch er in mir nicht nur die Hilfe in der Pension sah. Zumindest dachte ich das. Bis ungefähr zum Nachtisch.

Auch Pippa war sein wortkarges Verhalten zum Ende und auch der abrupte Abgang aufgefallen, erklärte es aber damit, dass Julian vermutlich einfach müde gewesen war. „Mach dir nicht immer so düstere Gedanken. Damit färbst du die Realität“, versuchte sie mich aufzumuntern. Aber auch die Tatsache, dass Pippa schon nach dem Frühstück wieder nach Hamburg zurückfahren musste, trug nicht wirklich zur Aufheiterung meiner Laune bei. Als zertifizierte Heulsuse kämpfte ich stark mit den Tränen, als wir uns zum Abschied fest drückten und sie mir versprechen musste, ganz schnell wiederzukommen.

Da Mina nach wie vor noch nicht fit genug für ausgiebige Gassirunden am Strand war, versuchte ich mich schließlich damit abzulenken, unsere gestrigen Ideen für den Kochabend noch einmal zu verschriftlichen und einen Plan aufzustellen, was noch alles zu organisieren war. Mit Marions Zustimmung postete ich auf Picstagram einen Hinweis darauf, dass nach dem Grillabend schon bald ein neues kulinarisches Event in der Strandbude stattfinden würde.

Auch die nächsten Tage waren geprägt von Vorbereitungen für unseren Kochabend.

Nachdem wir uns auf einen Termin geeinigt hatten, wurden unsere Planungen konkreter. Da gerade nur wenige Gäste in der Pension eingebucht waren, saßen Marion und ich nun häufig zusammen, um genauere Absprachen zu treffen, Einkaufslisten zu schreiben und Kontakt zu weiteren regionalen Erzeugern aufzunehmen. Unser Koch Max stellte sich als wirklicher Glücksgriff heraus und wir hatten schnell den Eindruck, dass er verstanden hatte, um was es uns bei dem Kochevent ging und spätestens als er uns zwei Menüvorschläge schickte, wussten wir, dass er den „ersten regionalen Kochabend in der Strandbude“ genau in unserem Sinne umsetzen würde.

Julian hatte ich seit dem gemeinsamen Essen mit Pippa nicht mehr gesehen. Von Marion hatte ich erfahren, dass er in seinem neu angetretenen Job stark eingespannt war und auch ich schaffte es, mehr Abstand zu seinem merkwürdigen Verhalten zu gewinnen und mich wieder mehr um mich und meine Vorhaben zu kümmern.

Meine Postings auf dem Social-Media-Kanal der Strandbude zeigten Wirkung und Marions zwischenzeitliche Sorge, dass sich am Ende nicht genügend Gäste oder Teilnehmer für den Kochabend anmelden würden, verflüchtigte sich.

„Die Gästezahlen zum letzten Jahr um diese Zeit haben sich verdoppelt!“ verkündete Marion begeistert, als wir eine Woche vor unserem großen Kochabend zusammensaßen. Neben fünf Feriengästen der Strandbude hatten sich vier Teilnehmende aus der näheren Umgebung für das gemeinsame Kochen angemeldet.

„Was hältst du davon, wenn wir Ben als Dankeschön für die Vermittlung von Max zu unserem Event einladen?“ schlug ich vor. „Gute Idee. Dann wären wir zehn und damit eine runde Anzahl“, fand Marion. „Vielleicht sogar ganz gut, für den Anfang jemanden dabei zu haben, der uns dann als Teilnehmer unterstützen kann.“ Und nach einer kleinen Pause fügte sie hinzu:

„Ben ist wirklich nett.“ Dabei sah sie mich forschend an.

„Ja total. Wir waren uns gleich sympathisch.“

Als Marion nachdenklich mit dem Kopf nickte, verstand ich und musste grinsen.

„Ben steht auf Männer, also falls du wissen wolltest, ob da mehr ist als nur Sympathie“, klärte ich auf.

„Also… achso, ja, nee. Ich wollte nur...“ Wir schauten uns an und mussten beide lachen.

Ich lenkte das Thema wieder zurück auf den Kochabend: „Ich bin mir sicher, dass wir uns beim nächsten Mal Teilnehmer aussuchen können, wenn sich das herumspricht."

„Warten wir's ab" zeigte sich Marion vorsichtig optimistisch.

Am Tag des Kochabends war die Strandbude erfüllt von geschäftigem Treiben. Vorfreude mischte sich mit einer gewissen Nervosität und Marion und ich wuselten herum, um alles so perfekt wie möglich vorzubereiten. Auch Mina schien die Aufregung zu spüren. Sie hatte sich in den vergangenen Wochen und Tagen gut erholt und war bis auf die Narbe am Bauch, die noch an den Unfall erinnerte, schon fast wieder meine alte Hundedame. Sie beobachtete das Geschehen aufmerksam aus sicherer Entfernung ihres Hundekörbchens, das ich nun öfter in meiner Nähe platzierte. Seit dem Unfall machte es mich häufig nervös, sie allein in meinem Zimmer zu lassen und somit hatte ich sie nun lieber in Sichtweite, wenn es denn ging. Nach anfänglich typischer Mina-Skepsis gegenüber ihr fremden Männern, wurde auch Max, unser Koch akzeptiert. Er hatte mit einigen Stückchen Bergkäse als Bestechung nachgeholfen und damit Minchens Herz im Sturm erobert.

Max wirbelte bereits seit Stunden in der Küche herum und ich ging ihm bei den Vorbereitungen zur Hand, beantwortete Fragen oder zeigte ihm, wo welche Küchenutensilien zu finden waren.

Ich hatte mich wieder um die Dekoration der Tische gekümmert und als es zu Dämmern begann und das Kaminfeuer die Küche und den Speiseraum der Strandbude in warmes Licht tauchte, war ich voller Vorfreude und bereit für den Abend.

Das Knistern in der Luft war förmlich spürbar, als die ersten Teilnehmer eintrafen. Neugierige Blicke wanderten durch den Raum, und wir spürten, dass die Stimmung gut und die Motivation hoch waren. Ben war unserer Einladung gefolgt und half uns wie selbstverständlich dabei, die Gäste zu begrüßen und ihnen ihre Kochschürzen auszuhändigen.

„Du darfst den Abend auch gern als Gast genießen!“ stellte ich noch einmal klar. „Wir haben dich nicht eingeladen, um dich als Kellner zu missbrauchen.“

„Keine Sorge, ich mache das gern. Ich bin total froh, dabei sein zu können und finde das Konzept genial. Außerdem…“ Er hob sein Glas mit Crémant, „ich komme schon nicht zu kurz!“ Ich stieß mit ihm an und lief noch einmal durch die Reihen, um sicherzustellen, dass niemandem etwas fehlte. Nachdem Marion die Gäste offiziell begrüßt und den Abend für eröffnet erklärt hatte, übergab sie das Wort und die Leitung an Max. Ich empfand fast so etwas wie Stolz, dass er in seinen noch jungen Jahren so wirkte, als würde er nie etwas anderes tun und die Gäste souverän durch den Abend leitete. Sein gewisser Charme war scheinbar nicht nur mir aufgefallen und so konnte ich schmunzelnd beobachten, wie manche weiblichen Teilnehmerinnen auffallend häufig Nachfragen stellten oder sich eine Schneidetechnik noch einmal exklusiv erklären ließen.

Als ich begann, mich ein wenig zurückzunehmen und mich vor den Kamin setzte, um von dort aus die Stimmung mit der Handykamera einzufangen, entdeckte ich

Julian, der gerade die Küche betrat. Ich beschloss, den Moment zu nutzen und auf ihn zuzugehen.

„Hey", begrüßte ich ihn mit einem Lächeln. „Lange nicht gesehen."

„Hallo, Nora." Er erwiderte mein Lächeln, wirkte jedoch nach wie vor zurückhaltend und etwas verkrampft.

„Bist du gekommen, um uns bei der Kohlrevolution zu unterstützen?"

Er lachte leicht. „Ich wollte mir mal ansehen, was ihr hier so auf die Beine gestellt habt! Außerdem hab′ ich gehofft, ich könnte ein paar kulinarische Tipps abstauben."

„Magst du etwas trinken?" Ich versorgte uns beide mit einem Glas Rotwein und wir schauten vom Rand aus gemeinsam dem Treiben zu.

„Und was sagst du?"

Julian schaute in Richtung Küche und dann zu mir.

„Ich bin wirklich beeindruckt. Die Gäste scheinen ganz begeistert und das Essen sieht fantastisch aus."

„Max macht das wirklich super. Ich bin so froh, dass ich Ben kennengelernt habe und wir so zu Max gefunden haben", schwärmte ich und nippte an meinem Wein. „Und auch heute unterstützt er uns wirklich sehr."

„Ja, da kannst du dich wirklich glücklich schätzen."

Irgendein Unterton in Julians Stimme gefiel mir nicht. Ich wollte gerade etwas erwidern, als wir von Marion unterbrochen wurden.

„Nora, kommst du mal kurz? Hier ist ein Gast, dem ich dich gern vorstellen möchte."

Etwas überrumpelt folgte ich Marion in die Küche. Sie führte mich zu einer Frau, die gerade die gefüllten

Spitzkohlröllchen auf den Tellern drapierte. Marion stellte uns vor.

„Nora, das ist Helen Bormann. Sie ist so begeistert von der Tischdeko und ich dachte, ich mache euch einmal bekannt." Frau Bormann streckte mir mit einem herzlichen Lächeln die Hand entgegen. „Hallo Nora, schön dich kennenzulernen. Mir gehört ein Geschäft für Interieur und Mode ganz hier in der Nähe und da fiel mir diese besonders gelungene Dekoration natürlich sofort auf.

Das überraschte mich positiv. „Oh, wie toll. Dann muss ich unbedingt mal vorbeikommen."

„Mach das gern. Ich freue mich natürlich immer über nette Kunden." Sie wirkte wirklich äußert sympathisch. Die angegrauten Haare waren zu einem lockeren Knoten gesteckt, aus dem ein paar Strähnen heraushingen. Ihr Lächeln zeigte eine herzliche Offenheit und die freundlichen Fältchen um ihre Augen strahlten Lebensfreude und Positivität aus. „Mir gefallen auch die Fotos auf eurem Picstagram-Account richtig gut. Das hast du vermutlich auch alles gestaltet? Hast du beruflich mit Design oder Inneneinrichtung zu tun?"

Ich erklärte Helen, was mich in die Strandbude verschlagen hat und dass Dekoration und Inneneinrichtung einfach zu meinen Hobbies gehörten.

„Ich habe Marion darin unterstützt, auch Social Media als Möglichkeit zu nutzen. Sie hat die Wirkung wirklich unterschätzt und wir haben darüber einige neue Gäste gewonnen", erzählte ich weiter. Wir unterhielten uns noch eine Weile und ich versprach, sie bald in ihrem Laden zu besuchen.

Nachdem sich Helen wieder ihrer Kochgruppe zugewendet hatte, machte ich mich erneut auf die Suche nach Julian. Unser Gespräch war vorhin so merkwürdig geendet und mir ging seine Bemerkung über Ben nicht aus dem Kopf. Als ich ihn am Kamin nicht mehr fand, fragte ich Marion und erfuhr, dass er sich schon wieder verabschiedet hatte. „Schon?“ rutschte mir fast bestürzt heraus.

„Ich habe schon bemerkt, dass es zwischen Julian und dir ein wenig… angespannt ist?“ verstand Marion gleich. Ich hatte plötzlich das Gefühl, dass die Pensionsinhaberin mehr mitbekam, als ich gedacht hatte.

„Julian hat einen Anruf bekommen und musste weg. Aber ehrlicherweise glaube ich auch, dass etwas anderes dahintersteckt. Ich kenne meinen Bruder…“

Ich runzelte die Stirn und während ich darüber nachdachte, verfolgten Marion und ich Ben mit unseren Blicken, der sich gerade mit einem attraktiven männlichen Teilnehmer für die Vorspeise an den Tisch setzte. Plötzlich verstand ich. Ben war der Grund, weshalb sich Julian so merkwürdig verhielt und sich so plötzlich von mir distanziert hatte.

„Vielleicht solltet ihr noch einmal offen miteinander sprechen. Ich denke, dieses Missverständnis lässt sich doch leicht klären,“ machte Marion mir Mut.

Ich nickte, dankbar für ihre Ehrlichkeit.

Auch wenn mir der Appetit gerade wieder etwas vergangen war und meine Gedanken noch um Julian kreisten, wollte ich es nicht versäumen, auch in den Genuss von den heute so liebevoll zubereiteten Speisen zu kommen. Es war wirklich köstlich und ich schoss zahlreiche

Fotos von den angerichteten Tellern und Gerichten, bevor ich diese probierte.

Marion war sichtlich angetan und zufrieden. „Das gemeinsame Kochen schweißt Menschen wirklich zusammen. Es ist so schön zu sehen, wie sich Menschen unterschiedlicher Herkunft und Hintergründe gemeinsam über den Herd beugen und über Essen zusammenfinden."

„Wow… Darf ich deine Worte posten?" lachte ich. „Das könnte ich nicht treffender beschreiben. Aber du hast Recht. Genauso habe ich mir unseren Kochabend vorgestellt."

15

Auch in den darauffolgenden Tagen wirkte der Erfolg unseres Kochabends noch nach. Ich hatte alle Hände damit zu tun, die vielen Likes und Kommentare zu beantworten, die auf unserem Picstagram Account eintrudelten. Einige User fragten nach den Rezepten oder wollten wissen, wann es ein nächstes Mal geben würde und ich freute mich über die Reichweite, die wir aufgrund dessen erhielten. Max sagte zu, beim nächsten Mal wieder dabei zu sein und wir verabredeten, spätestens im Frühling eine Wiederholung stattfinden zu lassen.

„Hast du inzwischen mit Julian gesprochen?“ fragte mich Marion, als ich am Mittwoch von meiner Lieferantenrunde wiederkam.

„Nee“, murmelte ich etwas zerknirscht, „ich habe ihn seitdem gar nicht mehr gesehen.“

„Na, wer mit Social-Media-Accounts jongliert und fast den ganzen Tag am Handy hängt, der wird sicherlich Mittel und Wege finden, um Kontakt zu jemandem aufzunehmen, oder?“ schien Marion meine Vermeidungsstrategie zu entlarven und lächelte mir aufmunternd zu.

„Du hast ja Recht“, gab ich mich geschlagen. Auch wenn es mich Überwindung kostete, schrieb ich ihm schließlich eine Nachricht:

„Hey Julian, wann kommst du denn mal wieder in der Strandbude vorbei? Ich würde gern etwas mit dir besprechen. Liebe Grüße, Nora.“

Als ich die Nachricht abgeschickt hatte, durchzog mich sofort ein gemischtes Gefühl von Unsicherheit und Nervosität.

Was wäre, wenn ich mir das alles doch nur eingebildet hatte? War es nicht fast überheblich, davon auszugehen, dass Julian mir aus dem Weg ging oder einen Abend verließ, nur weil er auf jemanden eifersüchtig ist, der mir nahezustehen schien? Vielleicht hatte ich zu impulsiv gehandelt, ihn um ein Treffen zu bitten. Vielleicht hätte ich ihm einfach mehr Raum geben sollen und hätte das Gespräch dann gesucht, wenn es sich spontan ergab. Andererseits hatte Marion mich deutlich dazu ermutigt und ich sehnte mich nach Klarheit.

Die Zeit verging, ohne dass eine Antwort auf meine Nachricht von Julian eintraf, was meine Zweifel noch verstärkte und mich weiterhin dazu brachte, alles zu überanalysieren. Dauernd schaute ich auf mein Handy, ob er endlich geantwortet hatte, aber das Handy blieb still.

Am Freitagmorgen, während ich mit Mina im Garten spielte, kündigte ein Summen plötzlich die erlösende Nachricht von Julian an. „Hallo Nora, ich bin heute Nachmittag in der Nähe. Passt es dir, wenn ich später vorbeikomme?“

Sein freundlicher Vorschlag erleichterte mich ein wenig, obgleich mir das eigentliche Gespräch noch bevorstand.

„Klingt gut, bis nachher!“ antwortete ich kurzerhand und versuchte, das Treffen einfach auf mich zukommen zu lassen. Aber je näher unsere Verabredung rückte, desto nervöser wurde ich.

Julian kam pünktlich an. „Hey Nora, na wie geht's bei dir?“ begrüßte er mich. Auch er wirkte deutlich angespannter als sonst und ich wusste nicht, ob das als ein gutes oder schlechtes Zeichen zu deuten war.

„Alles gut soweit“, antwortete ich lapidar und schlug vor, gemeinsam eine Runde mit Mina zu drehen, da es mir leichter erschien, im Gehen derartige Gespräche zu führen. Julian war einverstanden und so liefen wir los. Nach ein wenig Smalltalk hatten wir scheinbar beide gleichzeitig den Entschluss gefasst, endlich zum Punkt zu kommen:

„Nora, ich wollte…“

„Julian, ich…“

Um einem peinlichen „Du zuerst - Nein, du zuerst“-Ping-Pong zu entgehen, ergriff ich einfach noch einmal das Wort.

„Also ich wollte sagen, dass es seit dem gemeinsamen Abend mit Pippa komisch zwischen uns geworden ist. Ich habe gemerkt, dass ich dich wirklich gern mag…“ ich schluckte. Nun war es raus. Bevor ich weitersprechen konnte, blieb Julian stehen und sah mich an.

„Es tut mir leid, wenn ich unhöflich war. Es ist…“ Er stockte. „Es ist kompliziert. Ich habe mich unwohl gefühlt, als Ben auftauchte. Irgendwie… hat mich das aus der Bahn geworfen und das hat mich selbst überrascht."

Ein Moment der Stille folgte. Ich hatte Recht mit meinem Gefühl, dass Ben der Stein des Anstoßes war.

„Ben steht auf Männer, und zwischen uns ist absolut nichts außer Freundschaft!" stellte ich klar.

Julian schaute überrascht.

„Ben ist ein guter Freund", betonte ich noch einmal und fasste Julian am Arm. „Als du dich so zurückgezogen hast, habe ich gemerkt, wie wichtig du mir bist und dass ich mich lange nicht mehr so gefühlt habe." Ich senkte den Blick.

„Nora, das ist…" Julian seufzte. „Das letzte Jahr war so hart für mich. Ich bin gerade dabei, wieder zu mir zu finden und mein Leben in ruhige Bahnen zu lenken. Ich…"

Oh nein, bitte nicht.

„Es tut mir leid, Nora aber ich kann das einfach gerade nicht. Ich habe gemerkt, dass ich noch nicht so weit bin. Ich mag dich wirklich… aber zu mehr bin ich einfach noch nicht bereit."

Ich konnte darauf erst einmal nichts mehr sagen. Ich schluckte und wollte auf keinen Fall meine aufkommenden Tränen freigeben. Erst jetzt merkte ich, wie sehr ich mir das zwischen uns beiden gewünscht hatte. Ich schaute in die Weite und versuchte, meine Enttäuschung zu verbergen.

„Ich verstehe das", sagte ich schließlich. „Es ist wichtig, dass du dir die Zeit nimmst, die du brauchst."

Julian schaute mich traurig an. „Es tut mir leid, Nora. Ich hätte es dir früher sagen sollen. Aber ich musste mir auch erstmal über einiges klar werden und meine eigenen Dinge sortieren."

Ich nickte beklommen und auch wenn ich innerlich mehr als enttäuscht war, sagte ich: „Es ist gut und richtig, dass wir das jetzt geklärt haben."

Ich wollte unbedingt das Thema wechseln, um Distanz zu der Zurückweisung zu schaffen, die ich gerade einfach nur verdrängen wollte.

„Wie läuft es denn in deinem neuen Job? Marion hat erzählt, dass du ganz schön eingespannt bist", machte ich den Anfang und führte unser Gespräch in unverfänglicheres Fahrwasser.

„Ja das stimmt, aber es gefällt mir wirklich gut und fordert mich auf eine angenehme Weise. Ich wurde gleich mit einem ganz neuen Großprojekt beauftragt, das ich wirklich spannend finde."

„Das klingt richtig gut. Ich freue mich für dich", spielte ich Julian eine gewisse Coolness vor.

Wir sprachen noch eine Weile über Dies und Das, während wir mit Mina unsere Runde zu Ende drehten. Aber die Leichtigkeit, die anfangs zwischen uns geherrscht hatte, war verflogen. Als Julian sich schließlich verabschiedet hatte, blieb ich mit einem Kloß im Hals und der Enttäuschung zurück, die ich nur zu gut kannte. Ich fragte mich, ob ich vielleicht zu viel in diese aufkeimende Beziehung investiert hatte und ärgerte mich fast ein bisschen darüber, mich vorschnell in diese Sache gestürzt zu haben. Wieso war mein Liebesleben einfach nur so zum Scheitern verurteilt? Wieso herrschte bei mir einfach dauerhafte Ebbe in Sachen Partnerschaft?

„Ist Julian schon wieder weg?“ fragte Marion, als Mina und ich zurück in die Strandbude kamen. Ohne dass ich eine Antwort gab, sah sie mir sofort an, wie unsere Aussprache gelaufen war und strich mir über den Arm. „Ach Noralein. Ich hätte mich so für euch gefreut. Nimm´s bitte nicht so schwer. Mein Bruder braucht vermutlich einfach noch ein bisschen Zeit…“

Auch dieses Mal hatte ich keine Gelegenheit, zu antworten, denn die Haustür öffnete sich und ein Mann mittleren Alters betrat die Pension. Er war groß und hatte eine schlanke, sportliche Figur. Sein kurzes, dunkelbraunes Haar war leicht ergraut und ein paar charakteristische Lachfalten zierten sein Gesicht. Er trug eine lederne Reisetasche unter dem Arm und lächelte uns durch eine gut sitzende dunkle Hornbrille freundlich zu.

Ehrlich gesagt, lächelte er eher in Marions Richtung als in meine, aber das wurde deutlicher, als er direkt vor uns am Tresen stand.

„Stefan?“ Marion war sichtlich erstaunt und schien den Mann zu kennen.

„Grüß dich, Marion. Schön, dich wiederzusehen.“ Stefan breitete die Arme aus. Marion starrte ihn einen Moment lang an, bevor sie sich aus der Überraschung löste und hinter dem Tresen hervortrat, um ihn zu begrüßen. „Was führt dich denn hierher? Wie lange ist das jetzt her? Ich dachte, du lebst in Spanien?“

„So viele Fragen“, lachte Stefan. „Ich bin wegen des Klassentreffens hier, zu dem du doch hoffentlich auch gehen wirst, oder?“

„Das Klassentreffen. Stimmt, das habe ich vollkommen vergessen.“

Als Mina begann, Stefans Hosenbeine abzuschnüffeln, gewann Marion ihre Fassung zurück und stellte uns vor.

„Nora, das ist Stefan, ein wirklich alter …“, Marion suchte scheinbar nach dem passenden Begriff, „…Freund von mir.“ Stefan reichte mir die Hand. „Freut mich Nora.“ Und zu Marion gewandt sagte er lachend: „Ich hoffe, das „alt“ bezieht sich auf unsere Bekanntschaft.“

„Und wer bist du?“ Er beugte sich zu Mina herunter und streichelte meiner Hundedame über den Kopf. Ich war dankbar, dass Mina dies glücklicherweise ohne große Anfangsskepsis über sich ergehen ließ.

Marion schaute währenddessen noch einmal auf ihre Buchungsunterlagen.

„Bei Stefan Garcia habe ich natürlich nicht sofort an dich gedacht. Du hast bei der Heirat den Namen deiner Frau angenommen?“

„Das hat sich damals so ergeben. Aber wenn du später nichts vorhast, würde ich dich gern zum Essen einladen. Dann können wir ein bisschen über alte Zeiten sprechen.“ Stefan schaute Marion fragend an.

„Ja, also… ich müsste nur…“

„Ich halte hier gern die Stellung. Mach du mal!“ sprang ich ein und versuchte, Marions Zweifel zu beseitigen.

„Also gut. Dann sehen wir uns später“, gab sich Marion schließlich geschlagen.

„Ich zeige Ihnen dann schon einmal Ihr Zimmer. Sie sind in der Kapitänskajüte untergebracht. Es ist im ersten Stock“, übernahm ich weiterhin, um Marion Zeit zu geben, sich zu sortieren. Das Auftauchen ihres alten Bekannten schien sie ganz schön durcheinander gebracht zu haben. Stefan folgte mir und warf Marion noch einen Blick zu. Und es war nicht zu übersehen, dass in seinem Ausdruck Marion gegenüber etwas mitschwang, das über eine einfache Bekanntschaft weit hinauszugehen schien.

16

Ich nutzte den Abend, um mich endlich mal bei meinen ehemaligen Kolleginnen zu melden. Jana erzählte mir von der aktuellen Entgleisung einer Mutter, die wegen einer Note ihres Sohnes so unzufrieden war, dass sie mit einer Klage drohte. „Nora, du kannst dir echt nicht vorstellen, was sie mir hier für eine Szene gemacht hat. Auch wenn ich darüber eigentlich nur lachen sollte, hat mich das echt einige schlaflose Nächte gekostet", klagte meine Kollegin mir ihr Leid.

Auch wenn die Zurückweisung von Julian mich hier momentan nicht zu Höhenflügen brachte, war ich mehr als froh, mich diesem Wahnsinn nicht mehr aussetzen zu müssen. Wir plauderten noch eine Weile und es war zwar schön zu hören, dass sie und Hella mich sehr vermissten, aber ich merkte wieder einmal, wie wenig ich mich nach dem Schulalltag zurücksehnte. Den Gedanken an das Ende meines Sabbatjahres, begann ich bereits jetzt zu verdrängen. Ich wollte einfach noch nicht darüber nachdenken, dass meine Zeit hier irgendwann wieder vorbei sein würde.

Anschließend telefonierte ich ausgiebig mit Pippa. Sie schaffte es wieder einmal, mich mental etwas aufzurichten, nachdem ich ihr in Selbstmitleid schwelgend mein Leid klagte, dass ich in Sachen Beziehung schon wieder gescheitert war.

„Ich habe euch gesehen, Nora. Ich bin mir sicher, dass Julian einfach etwas Zeit braucht, bis er dahinterkommt, was für eine einzigartige, außergewöhnliche, umwerfende Frau du bist, die er sich auf keinen Fall entgehen lassen darf!“

„Ach Pippa, du bist lieb, danke.“

„…Und wenn nicht, dann ist er selbst schuld und kann bleiben, wo der Pfeffer wächst.“

Ich musste lachen.

„Das wird schon alles einen Sinn haben. Manchmal versteht man das erst im Nachhinein aber du solltest das Ganze erst einmal loslassen.“

„Du meinst, ich soll einfach abwarten und dem Universum vertrauen?“

„Ja genau, das meine ich. Manchmal versuchen wir so sehr alles zu kontrollieren und zu lenken, dass wir vergessen, dass es für manche Dinge eine höhere Ordnung gibt.“

Ich lächelte. Pippa hatte immer diese einzigartige Art, die Dinge zu sehen.

„Na dann hoffe ich mal, dass das Universum nicht beschlossen hat, dass mein Liebesleben eine Dauerbaustelle bleibt…“

Auch wenn ich wie immer über Pippas spirituelle Ausführungen schmunzeln musste, hatten sie bei mir eine Wirkung. Ich nahm mir vor, die Dinge in Bezug auf Julian ruhen zu lassen. Ich würde mich wieder mehr um mich kümmern und wollte schließlich meine Auszeit hier an der Nordsee genießen und nicht damit verbringen, einem Mann hinterherzulaufen.

Als ich mit Mina von der späten Abendrunde zurückkam, fand ich Marion in der Küche. Sie hatte mir den Rücken zugewandt und war gerade dabei, sich einen Tee zu kochen.

„Na du, hattet ihr beide einen schönen Abend?"

„Wie bitte?" Marion drehte sich überrascht um. „Ach Nora, du bist ja noch wach. Ich dachte, du wärst längst im Bett."

„Ich habe mich mit Pippa am Telefon verquatscht und war eben noch mit Mina draußen. Die Luft ist wirklich einmalig hier."

„Magst du auch einen Tee?"

„Gern." Ich holte mir einen Becher und wir setzten uns an den Tisch. Erwartungsvoll schaute ich sie an.

„Stefan und ich haben damals zusammen Abitur gemacht", begann Marion zu erzählen. „Zuerst konnten wir uns nicht ausstehen, weil er in meinen Augen ein ziemlicher Angeber und in allen Fächern der Beste war." Sie lächelte nachdenklich und schaute ins Leere als sie weitersprach. „Aber irgendwann hat er mich dann doch beeindruckt und mir ganz schön aus der Patsche geholfen, als ich fast durch eine wichtige Prüfung gefallen wäre. Wir haben dann viel Zeit miteinander verbracht. Er war zuerst mein bester Freund und dann meine erste große Liebe." Marion machte eine Pause und trank einen Schluck.

„Und dann? Warum ist es auseinander gegangen mit euch?"

„Wir wollten einfach unterschiedliche Dinge. Stefan liebte das Reisen und wollte sich nach dem Abi die Welt ansehen, neue Kulturen entdecken. Für mich stand immer fest, dass ich hier im Norden bleiben und studieren wollte. So ist das damals auseinander gegangen."

„Und hattet ihr seitdem jemals Kontakt?"

„Zuerst haben wir uns immer mal geschrieben. Aber als Stefan seine Frau kennengelernt und mit ihr nach Spanien gezogen ist, haben wir uns aus den Augen verloren."

Wieder einmal wurde mir bewusst, dass ich kaum etwas über die Frau wusste, mit der ich nun seit über drei Monaten unter einem Dach wohnte.

„Und, war es schön, ihn jetzt wiederzutreffen?"

Als Marion nicht antwortete, ruderte ich zurück. „Entschuldige, ich wollte nicht…"

„Nein, alles in Ordnung. Ich muss nur selbst erst darüber nachdenken und mich wieder sortieren. Ich hätte nicht damit gerechnet, ihn jemals wiederzusehen." Marion stand auf und holte eine Flasche Aquavit und zwei kleine Gläser. Wortlos schenkte sie uns ein und prostete mir zu. „So, den habe ich gerade gebraucht", lachte Marion.

„Es war sehr schön mit ihm heute Abend und ich habe mich gewundert, dass es zwischen uns nicht fremd war. Dabei haben wir uns über 35 Jahre nicht gesehen."

„Das klingt nach etwas Besonderem, Marion."

Sie lehnte sich zurück und als ob sie meine Gedanken erraten hätte, sagte sie. „Stefan ist mittlerweile geschieden. Seit einigen Jahren lebt er in Berlin, besucht nur selten seine Mutter, die in Husum in einem Seniorenheim lebt."

„Wie lange bleibt er in der Strandbude?" wollte ich wissen.

„Stefan ist wegen des Klassentreffens morgen hier und hat das Zimmer bis Sonntag gebucht."

„Okay, dann schlage ich vor, du gehst morgen auch auf dieses Klassentreffen und ich übernehme das Abendgeschäft hier!"

Marion lächelte dankbar. „Dann nehme ich dein Angebot gern an."

Als ich im Bett lag, dachte ich noch viel über unser Gespräch nach. Ich sinnierte über Schicksal und, was wohl gewesen wäre, wenn Marion und Stefan sich damals nicht getrennt hätten. Ob es die Strandbude dann gegeben hätte? Von Pippa wusste ich, dass Marion nie geheiratet hatte und nach ihrem Studium erst einige Zeit in einem Touristikunternehmen in Hamburg gearbeitet hat, bevor sie ihr Elternhaus nach deren Ableben zur Pension umbauen ließ. Ich fand es beachtlich, was Marion alles alleine auf die Beine gestellt hatte und es beeindruckte mich ebenfalls, dass sie ein Lebenskonzept für sich gewählt hatte, das fernab von Ehemann, Kind und Eigenheim stattfand. Mir fiel das Bild ein, dass mir damals bei meiner Ankunft in der Strandbude aufgefallen war. Eine Fotografie, die eine Frau alleine am Strand zeigte und auch wenn ich es nach wie vor nicht sicher wusste, war ich mir fast sicher, dass es Marion auf dem Foto war. Es drückte neben einer gewissen Unabhängigkeit und Freiheit auch eine Art Melancholie aus.

Über die Frage, ob Marion sich wohl aktiv gegen Kinder entschieden hatte, schlief ich schließlich ein.

In der Nacht träumte ich von Julian. Wir standen uns gegenüber und ich versuchte immer wieder vergeblich, sein Gesicht zu erkennen. Je mehr ich mich auf ihn konzentrierte, desto unschärfer wurde es. Ich versuchte, seine Hand zu nehmen, aber auch das gelang mir nicht. Ich rief nach ihm, aber es kam kein Ton aus meinem Mund und ich verspürte pure Hilflosigkeit.

Als ich morgens aufwachte, fühlte ich mich wie vom Laster überfahren. Ich schälte mich aus dem Bett und wusch mein Gesicht mit kaltem Wasser, um etwas wacher zu werden. Mir war eigentlich danach, mit Mina an den Strand zu fahren, um den Kopf etwas frei zu bekommen, aber meine Lieferantentour stand an und somit musste ich den Strand wohl oder übel auf später verschieben. Auf meiner Fahrt zur Bäckerei musste ich an Julian und unsere gemeinsame Fahrt zu Hinnerk und Jonas denken. Wehmut stieg in mir auf und ich stöpselte schließlich mein Handy an, um über das Autoradio ein Hörbuch zu hören, das mich schließlich auf andere Gedanken brachte.

Beim Frühstück fiel mir noch einmal auf, wie sympathisch Stefan auf mich wirkte. Die Art, wie Marion mit ihm umging und wie sie sich ansahen, zeigte deutlich, dass sie mehr ineinander sahen, als nur eine alte Bekanntschaft. Ich hoffte so sehr, dass die beiden irgendwie zueinander fanden. Vielleicht konnte das heutige Klassentreffen etwas dazu beitragen.

Auch wenn das Wetter alles andere als einladend war, musste und wollte ich heute dringend ans Meer. Nachdem das Frühstücksgeschäft erledigt war, fuhr ich mit Mina an den Südstrand. Der Himmel war grau und schwer und ein frischer Wind blies vom Meer herüber. Mina war sichtlich aufgeregt und wäre am liebsten losgeprescht, aber ich war immer noch etwas traumatisiert von ihrem Verschwinden, so dass ich mich noch nicht wieder traute, sie von der Leine zu lassen. So musste sie sich mit der Schleppleine und einem begrenzten Radius begnügen, den sie aber voll und ganz zu nutzen wusste. Ich lief bis meine Hände und mein Gesicht durchgefroren waren und ich mich durch die Bewegung an frischer Luft angenehm beruhigt und befreit fühlte. Als wir zurück ins Auto stiegen, streckte Mina sich sofort auf der Rückbank aus und, nachdem ich den Motor angelassen hatte, fing sie bereits wohlig an zu schnarchen.

Weil ich noch Zeit hatte, bis ich zurück in der Pension sein musste, beschloss ich, heute endlich mal bei Helens Laden vorbeizuschauen und mich dort etwas umzuschauen. In Hamburg gehörte es häufiger zu meinem Samstagnachmittagsprogramm durch Eppendorf zu bummeln und in den zahlreichen Concept-Stores und Interieur-Läden zu stöbern. Ich ließ mich zudem gern auf Picstagram inspirieren und liebte es, mir auszumalen, wie ich mein Haus oder meine Altbau-Eigentumswohnung einrichten würde, wenn ich denn irgendwann mal Besitzerin solch einer Immobilie sein würde.

Helens „Wohnstudio“ befand sich in einer Seitenstraße im Ortsteil Dorf. Als ich einen Blick ins Schaufenster warf, wusste ich sofort, dass mir alles daran gefiel. Ich öffnete die Tür und eine charakteristische Glocke kündigte mein Eintreten an. Mich empfing ein unverwechselbarer Duft, der mich einhüllte und als ich mich umsah, entdeckte ich eine brennende Duftkerze, die diesen herrlich frischen und zugleich holzigen Duft im ganzen Geschäft verströmte. Der Ladenraum wirkte wie ein großes Wohnzimmer, in dem die Lampen, Tische und Accessoires wie Kissen, Vasen und Windlichter zum Verkauf angeboten wurden. Dekorative, große Bilder an den dunkel gestrichenen Wänden gaben allem einen besonderen Stil. Es war eine Mischung aus Boheme- und Skandi-Style mit Landhaus-Elementen, was ungewöhnlich gut harmonierte. Es war offensichtlich, dass Helen nicht nur eine Geschäftsfrau, sondern auch eine Künstlerin war, die mit einem besonderen Händchen ihren Laden gestaltet hatte.

„Guten Tag, kann ich etwas für Sie tun?“ wurde ich von einer jungen Frau angesprochen, die gerade aus einem Hinterzimmer des Geschäfts erschienen war.

„Ich schaue mich erstmal um, danke“, antwortete ich und fügte dann aber spontan hinzu: „Oder doch: Ist Helen vielleicht da?“

„Nein. Frau Bormann ist leider momentan nicht im Haus. Sie hatte einen kleinen Unfall und ich helfe deshalb aus.“

„Oh je, das tut mir leid“, sagte ich betroffen und überlegte wie ich herausfinden könnte, wo Helen wohnte. Ich würde sie besuchen und ihr einen Strauß Blumen vorbeibringen. Mit zwei großen Windlichtern und einem hübschen Armband für Marion verließ ich das „Wohnstudio“ und steuerte gleich danach einen Blumenladen an, in dem ich einen Strauß aus Lilien, Hortensien und Fetthenne erstand.

Ich rief Marion an und bat sie, in unseren Unterlagen nachzusehen, ob Helen bei der Anmeldung für unseren Kochabend ihre Adresse angegeben hatte.

„Du hast Glück. In ihrer E-Mail-Signatur steht ihre Anschrift", freute Marion sich fast mit mir.

Sie gab mir die Straße durch und ich machte mich auf den Weg. Mina schlummerte immer noch selig auf dem Rücksitz und ich war wieder einmal dankbar dafür, dass meine Hundedame das Autofahren liebte und ich sie auf diese Weise ganz unkompliziert mitnehmen konnte. Ich parkte meinen Wagen vor einem hübschen kleinen Friesenhaus, das zwar ursprünglich, aber sehr gepflegt wirkte und vor einiger Zeit saniert worden schien.

Bevor ich Helens Türklingel betätigte, zweifelte ich kurz, ob es unhöflich wäre, sie so einfach unangekündigt zu überfallen. Aber falls ich den Eindruck bekommen sollte, dass es unpassend wäre, würde ich Helen einfach kurz den Blumenstrauß übergeben und wieder gehen. Es dauerte ziemlich lange, bis sich die Tür öffnete, und ich wollte gerade wieder gehen, als ich den Grund dafür sah. Helen stand mit einem dick einbandagierten Knie vor mir und hielt sich unbeholfen an ihren Krücken fest.

„Hey, hallo! Das ist ja eine Überraschung. Nora oder?" Helen freute sich sichtlich, mich zu sehen. Sie humpelte zur Seite und ließ mich herein. Ihr kleines Kapitänshaus war mindestens so geschmackvoll eingerichtet, wie ihr Laden und ich bewunderte ihren Stil und ihr Kombinationstalent bei den Einrichtungsgegenständen.

„Ich hoffe, ich überfalle dich nicht allzu sehr. Aber ich war bei dir im Laden und deine Aushilfe sagte, dass du einen Unfall hattest. Also dachte ich, ich bringe dir ein paar Blumen und schaue, wie es dir geht und ob ich irgendwie helfen kann."

Ich wollte Helen den Blumenstrauß überreichen, aber da ihre beiden Hände ihre Krücken hielten, trug ich ihr den Strauß hinterher, während sie mit einem geschienten rechten Bein vor mir ins Wohnzimmer hinkte.

„Das ist wirklich lieb von dir. Ich freue mich sehr, dich zu sehen. Magst du etwas trinken? Kaffee? Tee?"

Ich bot an, uns beiden einen Kaffee zu kochen und während ich mich darum kümmerte, berichtete Helen, dass sie beim Dekorieren im Laden von der Leiter gefallen war und sich das Kreuzband gerissen hatte.

„Anja, meine Aushilfe ist nur eine Übergangslösung. Sie hat mit dem Studium begonnen und kann eigentlich nur am Wochenende im „Wohnstudio" arbeiten. Es ist wirklich schwierig, jemanden Geeignetes zu finden." Helen seufzte. „Saisonkräfte sind jetzt keine mehr da und auf meine Anzeige hat sich bisher niemand gemeldet."

Ich überlegte kurz und hörte mich plötzlich sagen:

„Und wenn ich bei dir einspringe?"

Helen schaute mich überrascht an.

„Du arbeitest doch in der Strandbude?"

„Ja natürlich, das soll ich auch so bleiben, aber vielleicht könnte ich an zwei bis drei Tagen pro Woche helfen? Das Wohnstudio öffnet doch erst gegen Mittag, da ist momentan das Gröbste in der Strandbude getan", überlegte ich laut. „Die Nachmittage sind bei mir oftmals zur freien Verfügung. Ich muss das natürlich erst mit

Marion besprechen aber ich hätte große Lust, in deinem Laden zu arbeiten."

Helen freute sich über mein Angebot und ich versprach, mich bei ihr zu melden, sobald ich mit Marion gesprochen hatte. Außerdem schlug ich vor, auch über unseren Picstagram-Kanal noch einen Aufruf zu starten, dass das Wohnstudio dringend eine Aushilfe suchte. Denn selbst, wenn ich für die nächsten Wochen einspringen sollte, würde ich nicht alle Öffnungszeiten abdecken können.

Auf der Autofahrt zurück in die Strandbude fragte ich mich, was Marion wohl zu meinen Plänen sagen würde. Ich hatte plötzlich Sorge, dass ich Helen meine Hilfe zu voreilig angeboten hatte und dass Marion sich zurückgesetzt fühlen würde. Gleichzeitig hatte ich aber riesige Lust darauf, in diesem wunderschönen Laden mitzuarbeiten. Ich würde einfach den richtigen Moment abwarten und darauf vertrauen, dass Marion meine Hilfe Helen gegenüber nicht falsch interpretieren würde.

17

„Wow, du siehst einfach…“ mir fehlten die Worte. So hatte ich Marion noch nie gesehen. Sie trug einen wadenlangen schwarzen Tellerrock und dazu einen schlichten grauen Kaschmirpullover. Schwarze Wildlederstiefeletten betonten ihre schlanken Knöchel und verliehen ihrem Outfit etwas sehr Edles.

„Danke, Nora“, lächelte sie. „Manchmal muss man sich eben etwas herausputzen.“ Ihre Augen strahlten und ich spürte, dass sie sich nicht nur auf den Abend freute, sondern fast ein bisschen aufgeregt wirkte.

„Das ist dir mehr als gelungen. Stefan wird sicherlich beeindruckt sein.“

„Ach, das ist nicht wichtig“, winkte Marion ab, konnte aber ein leichtes Erröten nicht verbergen.

„Warte, ich hab´ noch etwas für dich!“ Ich lief schnell hoch in mein Zimmer und holte das Armband, das ich heute in Helens Laden gekauft hatte, aus meiner Handtasche.

„Ich habe das hier heute gefunden und musste gleich an dich denken, weil ich finde, dass das total zu dir passt.“ Ich übergab Marion mein kleines Geschenk.

„Nora, das ist ja… oh ist das schön. Vielen, vielen Dank!“ Marion freute sich sichtlich. Das Armband war aus schwarzen Holzperlen und hatte eine kleine schwarze Quaste und einen goldenen, runden Anhänger als Details. Es stand Marion wirklich gut und passte wunderbar zu ihrem Outfit. Ich war froh, meinem spontanen Impuls gefolgt zu sein und freute mich umso mehr, dass ihr das Armband so gut gefiel.

Ich wünschte ihr einen schönen Abend und machte es mir mit Mina und einem Buch, das ich schon länger anfangen wollte, vor dem Kamin gemütlich. Der Schein des Feuers und das Knistern und Knacken des Holzes verliehen dem Moment fast etwas kitschiges. Ich schmunzelte und empfand ein wohliges Gefühl der Zufriedenheit. Vertieft in die Seiten meines Buches bemerkte ich nicht, wie jemand die Küche betrat.

„Entschuldigung?“

„Oh. Äh. Ja, bitte?“ Schreckhaft wie ich war, stieß ich gegen meinen Becher, der daraufhin umkippte und den glücklicherweise bereits abgekühlten Tee auf dem Boden und zum Teil auch auf Mina vergoss. Mina schreckte auf und begann nun den Gast anzubellen, der schuldbewusst im Türrahmen stand.

„Oh nein, ich wollte Sie nicht erschrecken.“

„Nein, alles gut, das war meine Schuld. Mina, Aus! Auf deinen Platz!“ versuchte ich die Situation wieder in den Griff zu bekommen. „Was wollen Sie… ähm, ich meine: Wie kann ich Ihnen denn helfen?“

„Ich muss irgendwie meinen Zimmerschlüssel verloren haben und wollte fragen, ob Sie mir oben aufsperren könnten.“ Nach seinem leichten Dialekt zu urteilen, kam der Mann, den ich auf Anfang dreißig schätzte, aus Süddeutschland. Er stellte sich mir als Michael vor und ich fand ihn auf eine Art gleich sympathisch. Er trug eine hellblaue Jeans sowie einen dunkelblauen Kapuzenpullover und seine dichten dunkelblonden Haare waren wild über den Kopf verteilt. Ich fragte mich, ob man seinem eher lässigen Äußeren auch eine gewisse Verplantheit ansehen konnte, die zum verlorenen Schlüssel passte, wollte aber nicht vorschnell urteilen.

„Natürlich, ich schließe dir gleich auf." Ich ging an ihm vorbei und holte an der Rezeption den Ersatzschlüssel aus dem Schrank.

Nachdem ich Michael oben sein Zimmer aufgeschlossen hatte, unterhielten wir uns noch eine Weile auf dem Flur. Ich erfuhr, dass er für den dreißigsten Geburtstag eines Freundes in den Norden gekommen war und in München an der Uniklinik gerade seinen Facharzt für Innere Medizin absolvierte. Ich mochte seine Art zu sprechen und er hatte irgendetwas an sich, was ich attraktiv fand und mir gefiel.

Als Michael sich verabschiedet hatte, um sich für den Geburtstag seines Freundes fertigzumachen, ging ich wieder nach unten in die Küche. Inzwischen war mein Feuer ausgegangen und während für unseren Gast der Abend erst begann, murmelte ich seufzend. „Ach was solls. Zeit ins Bett zu gehen." Auch wenn ich eigentlich gern noch gewartet hätte, bis Marion vom Klassentreffen zurück sein würde, weil ich neugierig auf ihre Berichterstattung war, hörte ich mein Bett laut nach mir rufen. Auf dem Weg zu meinem Zimmer lief ich an Michaels Tür vorbei und mir kam der Gedanke, was für Vorteile es doch hatte, in einer Ferienpension zu arbeiten. Man lernte wirklich innerhalb kürzester Zeit viele unterschiedliche Menschen kennen.

An Sonntagen blieben die meisten Gäste für gewöhnlich länger beim Frühstück, schenkten sich Kaffee oder Tee nach und es wurde auch das eine oder andere Brötchen mehr verzehrt. Ich mochte diese ruhige, entspannte Stimmung, die mir in meinem bisherigen Alltag sonst viel zu oft verloren gegangen war. Außerdem genoss ich es, dass die Gäste, die nach dem Frühstück auschecken mussten, uns durch ihren Müßiggang den Eindruck vermittelten, am liebsten gar nicht abreisen zu wollen. Währenddessen saßen Marion und ich in der Küche und genossen unseren Kaffee, waren aber natürlich für Wünsche und Nachbestellungen jederzeit ansprechbar. Ich beobachtete, wie Marion immer wieder zu Stefan schaute. Insgesamt wirkte sie heute nachdenklicher als sonst und ich fragte mich, wie das Klassentreffen wohl verlaufen war, hatte aber bisher nicht den richtigen Zeitpunkt gefunden, nachzufragen. In diesem Moment stand Stefan auf und kam zu uns an den Küchentisch.

„Marion, magst du dich noch auf einen Kaffee zu mir setzen?“ Ich nickte Marion aufmunternd zu und so gingen die beiden gemeinsam in den Speiseraum. Michael war bisher noch nicht aufgetaucht und ich interpretierte sein Fernbleiben vom Frühstück damit, dass sein Abend sicher erst in den frühen Morgenstunden geendet hatte und verstand jetzt, dass er in weiser Voraussicht sein Zimmer bis Montag gebucht hatte.

Damit Marion die verbliebene Zeit mit Stefan nutzen konnte, machte ich mich schon einmal daran, für die heute abreisenden Gäste alles vorzubereiten. Dabei fiel mir ein Umschlag auf, der mit meinem Namen versehen auf dem Rezeptionstresen lag. Erstaunt nahm ich ihn an mich und ertastete darin etwas Hartes. Ich riss den Briefumschlag auf und nahm einen Schlüssel sowie einen kleinen Notizzettel heraus. Darauf stand:

War im Innenfutter meiner Jacke.
Die Tasche hatte ein Loch.
Gruß, Michi.
P.S.: Vielen Dank für das nette Gespräch.
Wiederholung?

Lächelnd hängte ich den Schlüssel zurück in den Schrank und ich konnte nicht leugnen, dass ich mich wirklich darüber freute. Insbesondere nach der Zurückweisung von Julian lechzte mein verwundetes Ego nach Anerkennung und dem Gefühl, liebenswert zu sein und es fühlte sich so an, als ob sich tief in mir drin meine Selbstbewusstseinsbauklötze wieder begannen aufeinanderzustapeln. Ohne lange zu überlegen, schrieb ich „Gern." und meine Handynummer auf die Rückseite. Damit ich es mir nicht anders überlegen konnte, lief ich kurz nach oben und schob das Zettelchen unter Michaels Tür durch.

Stefan umarmte Marion zum Abschied sehr lange und es war nicht zu übersehen, dass beide trotz der vielen Jahre der Trennung in den vergangenen Tagen wieder zueinander gefunden hatten. Marion schloss für einen Moment die Augen, als wolle sie den Augenblick festhalten. Als sich die beiden schließlich voneinander lösten, war in den Blicken beider eine Mischung aus Freude und Dankbarkeit aber auch Wehmut zu erkennen. Als Stefan gegangen war, setzte sich Marion nachdenklich an den Tisch in der Küche.

„Es ist schon merkwürdig, wie das Leben manchmal spielt“, sagte sie nachdenklich.

Ich setzte mich ihr gegenüber. „Werdet ihr euch wiedersehen?“

Marion seufzte. „Ich weiß es nicht. Das Leben hat uns in verschiedene Richtungen geführt und ich denke, es ist gut so, wie es ist. Ich glaube eher, dass dieses Wiedersehen nur ein kurzer Moment war, um zu zeigen, dass es manchmal Verbindungen gibt, die nie ganz verloren gehen.“

Ich hingegen glaubte eher, dass Marion sich nicht eingestehen wollte, dass sie wieder oder auch immer noch Gefühle für Stefan hatte und dass ihr das Schicksal zeigte, dass sich manche Wege aus einem bestimmten Grund noch einmal kreuzten. Aber das behielt ich für mich. Irgendetwas in mir gab sich jedenfalls mit Marions „Es ist gut so wie es ist“ nicht zufrieden und ich war mir fast sicher, dass Marion dies auch nicht tat.

Es klingt auf jeden Fall nach einer besonderen Geschichte zwischen euch beiden“, sagte ich.

Marion lächelte. „So, jetzt aber genug von mir. Wie geht's dir, Nora? Hat mein Bruder sich noch einmal blicken lassen? “

„Nein und das ist wohl gerade auch ganz gut so. Ich komme klar!“ antwortete ich. Mir kam der Gedanke, dass Julian mir anfangs hier in der Strandbude ständig über den Weg gelaufen war, wohingegen er jetzt eigentlich gar nicht mehr auftauchte. Das hing sicher mit seinem neuen Job zusammen, war aber vermutlich auch eine bewusste Entscheidung von ihm.

„Marion, ich würde gern noch etwas anderes mit dir besprechen", begann ich. Marion schaute mich erwartungsvoll an.

„Du weißt doch, dass ich gestern bei Helen war. Sie ist bei sich im Laden gestürzt und hat sich das Kreuzband gerissen."

„Oh je. Dann braucht sie sicher Hilfe, oder?" schlussfolgerte Marion bereits von selbst.

„Genau darüber wollte ich mit dir sprechen. Sie findet einfach keine Aushilfe für den Laden und da habe ich ihr angeboten, an zwei bis drei Tagen die Woche auszuhelfen. Ich würde erst mittags öffnen und auch nicht jeden Tag weg sein, Ich will auf keinen Fall, dass du dich zurückgesetzt fühlst. In erster Linie bin ich natürlich für dich und die Strandbude da", sprudelte es aus mir heraus. Marion lächelte und legte mir eine Hand auf den Arm.

„Nora, du brauchst dich nicht zu entschuldigen oder schlecht zu fühlen, Ich finde die Idee ganz wunderbar. Es freut mich sogar, dass du noch eine weitere Beschäftigung hier gefunden hast. Ich hatte nämlich schon etwas Sorge, dass dir hier in den trüben Monaten, wenn einfach weniger Gäste da sind, die Decke auf den Kopf fallen könnte."

Ich runzelte die Stirn. Damit hatte ich nicht gerechnet.

„Du brauchst dir keine Sorgen zu machen. Ich liebe es hier, ob mit vielen oder wenigen Gästen. Viel eher habe ich ein schlechtes Gewissen, dass ich dir mit manchem, wie dem ganzen Papierkram nicht mehr zur Hand gehen kann."

„Du hast schon so viel für uns und die Pension getan, Nora. Auch wenn du das nicht merkst aber seitdem du da bist, hat sich hier so vieles zum Besseren gewendet."

„Oh Marion", ich stand auf und nahm sie in den Arm. „Und ich bin so gern hier."

„Also nach dem das geklärt ist…" Marion räusperte sich und wischte sie eine kleine Träne aus ihrem Augenwinkel. Die letzten Stunden waren scheinbar doch emotionaler für sie, als sie zugeben wollte.

Gerade als ich mich fragte, wann sich unser süddeutscher Langschläfer bei mir melden würde, summte mein Handy auf der Tischplatte.

„Ich warte um 20Uhr am Empfang.

Liebe Grüße, Michi"

Zufrieden steckte ich mein Handy in die Tasche.

Da für heute Nachmittag nichts anlag, fuhr ich zu Helen, um ihr für die Hilfe im „Wohnstudio" zuzusagen und genaueres abzusprechen.

Sie freute sich riesig und wir vereinbarten, dass wir die Öffnungszeiten in den nächsten Wochen so anpassten, dass sie mit meinen Arbeitszeiten in der Strandbude zusammenpassten. Helen schlug vor, gemeinsam in den Laden zu fahren, um mir eine kurze Einweisung zu geben. Ich versuchte, mir alles genau zu merken und einzuprägen, mir schwirrte irgendwann aber ganz schön der Kopf von den ganzen Informationen und Gegebenheiten. Ich hätte nicht erwartet, wie viel es zu beachten gab und was ich alles wissen musste, wenn ich ab nächster Woche im Laden arbeiten wollte. Zumindest wusste ich nun, wo die Beleuchtung an- und ausgestellt, wie die Kasse und das EC-Kartenlesegerät bedient wurden, welche Geschenkverpackungen zu welchen Artikeln gehörten und welche wichtigen Lieferungen in den nächsten Wochen ankommen sollten.

„Entschuldige, Nora. Ich wollte dich nicht überfordern. Du kannst mich jederzeit anrufen, falls Fragen auftauchen“, sagte Helen auf der Rückfahrt. „Ich bin mir sicher, du machst das alles super.“

„Ich werde mein Bestes geben. …Und ich freue mich drauf!“ Und das tat ich wirklich.

18

Ich hatte mich wieder für mein schwarzes Wollkleid entschieden und band mir meine Haare zu einem Pferdeschwanz zusammen, um meinen Look etwas lässiger wirken zu lassen. „Passt schon", versuchte ich den bayerischen Dialekt nachzuahmen, als ich einen letzten Blick in den Spiegel warf.

Da Michael mit dem Zug angereist war, fuhren wir mit meinem Auto. Ich ließ mir die Adresse vom Restaurant geben, das er über eine Empfehlung seines Freundes für uns reserviert hatte. Auch wenn sich Michael mir gegenüber wirklich freundlich verhielt und sich Mühe gab, mich zu unterhalten, schwirrten in meinem Kopf die ganze Zeit lang Gedanken an Julian herum. Jede Geste, jedes Lachen verglich ich automatisch mit ihm. Es war, als ob Julian in mir einen neuen Maßstab geschaffen hatte, den ich gerade an Michael anlegte. Ich verfluchte mich dafür, konnte es aber einfach nicht abstellen.

Das Restaurant entpuppte sich als „Steakhouse", das vom Ambiente zwar gemütlich war, ich mich als „eingefleischte" Vegetarierin aber eher fehl am Platz fühlte. Glücklicherweise hatte ich auch keinen großen Appetit, so dass ich mir aus den Beilagen zwei kleine vegetarische

Speisen auswählte. Fast fühlte es sich so an, als würde ich mit meinem jüngeren Bruder essen gehen, für den „gutes Essen“ aus einem saftigen Steak bestand. Als Michi auch noch lachend den Spruch „Fleisch ist mein Gemüse“ brachte, sank meine Motivation für den gemeinsamen Abend weiter rapide. Plötzlich wollte ich nur noch nach Hause, wollte für mich sein und ärgerte mich, dass ich nicht ehrlicher zu mir war, weil ich spürte, dass ich mir etwas vormachte. Ich hatte mein Ego streicheln und mir beweisen wollen, dass sich ein jüngerer attraktiver Mann für mich interessierte. Schmerzlich wurde mir aber immer klarer, dass ich mich eigentlich nach etwas ganz anderem sehnte. Michael merkte von meinen inneren Kämpfen nichts. Er erzählte ausschweifend von seinen letzten Bergtouren, auf welche Autos er stand und welche ambitionierten Pläne er in seinem Beruf verfolgte. Ich hatte mich innerlich bereits soweit distanziert, dass ich manche Details gar nicht mehr hörte. Da er ausschließlich von sich sprach und mir keinerlei Fragen stellte oder etwas über mich wissen wollte, fiel es auch nicht weiter auf, wie wenig ich dem Gespräch eigentlich folgte.

Als die Kellnerin uns die Rechnung brachte und Michael begann, die Speisen auseinanderzudividieren, um „gerecht zu teilen“, legte ich fassungslos meine EC-Karte zur Rechnung und beglich den offenen Betrag inklusive Trinkgeld.

Von meinem Unmut weiterhin nichtsahnend schlug mein Date anschließend vor, für einen „romantischen“ Verdauungsspaziergang noch an den Strand zu fahren. Glücklicherweise fiel mir gleich meine morgige Lieferantentour ein, die ich vorschob und weswegen ich jetzt sofort ins Bett müsste. Ich war erstaunt und bewunderte beinahe, wie wenig jemand die Unbehaglichkeit seines Gegenübers spürte und auch keinerlei Gefühl dafür hatte, wie wenig es zwischen zwei Menschen passen konnte.

Die Erklärung dafür bekam ich allerdings, als ich mich von ihm verabschieden wollte und Michael plötzlich meine Hand nahm und mich zu sich zog. Ohne meine Reaktion abzuwarten, schloss er die Augen und war im Begriff, mich zu küssen. Ich erstarrte und drückte ihn von mir weg.

„Nein!" rief ich nur ganz laut.

„Wieso? Ich dachte, das war klar?" Er schaute mich mit empörtem Ausdruck an.

Kopfschüttelnd ließ ich ihn stehen und verschwand so schnell ich konnte in meinem Zimmer.

Ich setzte mich auf mein Bett und atmete tief durch. Noch einmal ärgerte ich mich über mich selbst. Julian schob sich wieder in meine Gedanken und mir wurde bewusst, dass ich mich in eine Illusion geflüchtet hatte, um mich von meiner Enttäuschung über Julian abzulenken.

„Schluss mit dem Quatsch", sagte ich laut. Ich hatte eindeutig genug von Männern und nahm mir vor, mich von jetzt an nur noch auf mich zu konzentrieren. Mina hatte meinen Ausruf als Aufforderung verstanden und sprang zu mir aufs Bett. Ich vergrub mein Gesicht in ihrem Fell und spürte ihre tröstende Wirkung wieder einmal sofort.

Trotz des verkorksten Abends schlief ich erstaunlich gut. Da ich am nächsten Morgen tatsächlich früh aus dem Haus musste und nicht nur meine montägliche

Lieferantenrunde, sondern auch eine Kontrolluntersuchung in der Tierklinik mit Mina anstand, blieb es mir Gott sei Dank erspart, Michael noch einmal über den Weg zu laufen.

Zudem war heute auch noch mein erster Arbeitstag im „Wohnstudio", so dass ich mich bis auf das Abladen der Einkäufe, kaum in der Strandbude blicken lassen musste.

Mit einer Mischung aus Aufregung und Vorfreude, schloss ich am Mittag die Tür des „Wohnstudios" auf. Ich hatte mir in mein Handy ein paar Notizen geschrieben, welche Schritte es zur Vorbereitung bedarf und arbeitete diese zunächst ab. Ich schaltete die unterschiedlichen Lichtquellen an, entzündete eine der Duftkerzen, die dem Verkaufsraum den unverwechselbaren Duft gab und stellte einen groben Rattankorb mit Leinenkissen in Erd- und unterschiedlichen Grüntönen auf die Bank vor den Laden. Daneben drapierte ich noch zwei verschieden große Metalllaternen, die mit hochwertigen Led-Kerzen beleuchtet waren. Ich begutachtete kurz mein Werk und lächelte zufrieden. „Sieht einladend aus", murmelte ich. Die ersten Gäste konnten kommen. Während ich auf Kundschaft wartete, schlenderte ich selbst einmal durch den Laden und schaute mir alles ganz genau an. Je mehr ich entdeckte, desto länger wurde mein Wunschzettel. Mir gefiel hier so viel und ich musste aufpassen, dass ich nicht bald selbst meine beste Kundin werden würde. In der nächsten Woche begann bereits die Vorweihnachtszeit und ich freute mich schon darauf, die Ideen und Inspirationen, die ich in diesem Laden bekommen würde, in die Strandbude zu transportieren und dort alles weihnachtlich zu dekorieren.

Es kamen nur wenige Kunden vorbei. Die meisten schlenderten einmal durch den Laden und gingen, ohne etwas zu kaufen. Mir wurde schon an meinem ersten Arbeitstag klar, wie hart das es war, ein eigenes Geschäft zu führen und fühlte mich verantwortlich dafür, dass ich gerade mal einen zweistelligen Umsatz verbuchen konnte. Als ich Helen ein kurzes Fazit gab, beruhigte sie mich, dass dies ganz normal sei und es sicherlich in der Vorweihnachtszeit wieder besser laufen werde. Ich bewunderte sie für ihre entspannte Haltung, schließlich war Helen es, für die der Umsatz existenziell war.

„Ich bin einfach froh, dass ich nicht für Wochen schließen muss, Nora. Für Kunden ist Kontinuität und Verlässlichkeit wichtig."

„Mir gefällt es auf jeden Fall richtig gut in deinem Wohnstudio und kann gar nicht verstehen, dass Leute ohne etwas zu kaufen wieder gehen…"

Helen lachte. „Ich musste am Anfang auch lernen, dass ich nicht alles, was ich fürs Geschäft ordere, auch für mich selbst haben kann."

Als ich mit Marion später beim Abendessen saß, versuchte ich ihr von meinem heutigen Tag zu berichten. Ich schwärmte von den hübschen Einrichtungsgegenständen im Wohnstudio und erzählte auch, wie es mich schon heute mitgenommen hatte, dass der Umsatz nicht besonders hoch ausgefallen war und ich es nicht geschafft hatte, manche Kunden in der Beratung von dem einen oder anderen Gegenstand zu überzeugen.

Aber außer mit einem „Ja, verstehe“ oder einem „Hmm“, beteiligte sich Marion nicht wirklich am Gespräch. Sie hörte mir kaum zu und war mit ihren Gedanken vollkommen woanders. Ich spürte, dass sie etwas beschäftigte. Ich legte meine Hand auf ihre. „Ist alles in Ordnung?“

„Ja, ja. Alles gut soweit.“ Marion schaute auf und schien beinahe ertappt. „Ich war gerade in Gedanken“, entschuldigte sie sich.

„Was ich noch sagen wollte: Wir sollten uns bald um weihnachtliche Dekoration in der Strandbude bemühen. Könntest du das übernehmen? Du hast doch so ein Händchen dafür und sitzt ja jetzt auch schließlich an der Quelle. Außerdem haben wir oben auf dem Dachboden noch einige Kisten mit Zeugs. Ich werde sie dir morgen mal herunterholen und du kannst mal schauen, was sich davon noch eignet.“

Ich freute mich darüber und sagte zu, mich darum zu kümmern. Aber ich wusste auch, dass es etwas gab, das Marion beschäftigte, sie aber scheinbar gerade nicht bereit war, es mit mir zu teilen. Ich konnte mir schon denken, wo oder eher bei wem sich Marion gerade gedanklich befand, wollte ihr aber nicht zu nahetreten und somit beließ ich es dabei. Da meine Füße vom vielen Stehen schmerzten, beschloss ich, heute früh ins Bett zu gehen und zog mich nach dem Abendessen in mein Zimmer zurück. Auf dem Weg zu meinem Zimmer versuchte ich bereits die Strandbude in meinen Gedanken weihnachtlich zu dekorieren und mir vorzustellen, welche Elemente sich eigneten. Dabei kam mir eine Idee.

Ich nahm mir vor, gleich morgen vor der Ladenöffnung bei Helen vorbeizufahren und ihr meinen Vorschlag zu unterbreiten.

19

„Nora, das ist eine wunderbare Idee!“ war Helen sofort begeistert. „Mir ist schon bei eurem Kochabend aufgefallen, wie gut sich bestimmte Wohnaccessoires und Elemente aus meinem Laden bei euch in der Strandbude machen würden.“

„Ich habe mir gedacht, dass ich mir bei den heute ankommenden Lieferungen gleich die Teile zur Seite lege, die ich mir für die weihnachtliche Dekoration in der Strandbude vorstellen könnte. Dann kann ich so schnell wie möglich loslegen“, war ich gleich Feuer und Flamme.

„Mach mir einfach eine Liste mit den Dingen, die du dir genommen hast. Du hast freie Hand. Achte nur darauf, dass das, was du bei dir in der Pension nutzt, bei mir im Laden auch vorrätig ist. Es soll ja schließlich auch ein wenig Werbung für mich sein und Umsatz bringen.“ Ich war erstaunt, wie sehr Helen mir bereits jetzt vertraute und versprach: „Na klar. Ich werde auf unserem Picstagram-Account alles gut verlinken. Dann wissen Interessierte gleich, wo sie die Artikel beziehen können.“

Nun musste ich nur noch Marion einweihen, machte mir aber bei deren momentaner Verfassung keine Sorgen darüber, dass sie nicht einverstanden sein würde. Viel eher ging ich davon aus, dass sie froh sein würde, wenn ich mich um alles kümmere. Sie würde zudem sicherlich auch die Vorzüge einer Kooperation mit dem Wohnstudio erkennen. So würden wir die stilvollen feinen Stücke nutzen können, ohne diese anschaffen zu müssen. Eine Zusammenarbeit zwischen der Strandbude und dem Wohnstudio versprach nicht nur eine wunderbare Dekoration in der Pension, sondern eine Win-Win-Situation für beide Unternehmen.

So kam es, dass ich in den nächsten Tagen viel Zeit damit verbrachte, Ware auszupacken, zu sichten und zu sortieren und mir darüber Gedanken zu machen, was gut zu kombinieren war und zur Strandbude passte. Ich behielt Recht damit, dass Marion einverstanden war und der Kooperation mit dem „Wohnstudio" zustimmte.

Ich bekam sie gerade nur selten zu Gesicht und hatte den Eindruck, dass sie zunehmend wortkarger wurde und sich noch mehr zurückzog. Sie ließ mir in Sachen Dekoration vollkommen freie Hand und somit war die Strandbude schon bald mit zahlreichen neuen Teilen aus dem Wohnstudio dekoriert.

Helen erwies sich mir als äußerst hilfreich. Da sie nach wie vor mit ihrem kranken Knie zu Hause festsaß, telefonierten wir viel und ich ließ mich von ihr beim Drapieren und Kombinieren beraten. Ich verbrachte Stunden damit, die weihnachtlichen Wohnaccessoires, wie Sterne, Kugeln und Kerzen aus dem Laden geschickt in der Strandbude zu platzieren und eine harmonische und festliche Atmosphäre zu schaffen. Ich postete und verlinkte alles auf unserem Social-Media-Kanal und legte Listen mit Preisen in der Pension aus, so dass sich auch unsere interessierten Gäste gleich ihre Lieblingsteile sichern konnten. Ich war mehr als zufrieden, wie gut unsere Zusammenarbeit anlief.

„Kann man dir irgendwie helfen?"

Ich war gerade dabei, zwei schwarze Faltsterne aus Papier über der Rezeption im Eingang der Strandbude aufzuhängen, als Julian die Strandbude betrat und mich mit seinem bestechenden Lächeln angrinste.

„Oh… Hi!" stotterte ich. Ich legte die Sterne beiseite und krabbelte vom Tresen. Ich hatte nicht damit gerechnet, ihn zu sehen und die Überraschung breitete sich mit einem Kribbeln in meinem Magen aus. Als meine Beine leicht zittrig wurden, lehnte ich mich gegen den Tresen und versuchte, meine Nervosität zu überspielen.

„Lange nicht gesehen. Wie geht's dir?"

„Ich dachte, ich schaue mal wieder vorbei", war Julians ausweichende Antwort während er seinen Blick durch den Raum schweifen ließ.

„Das ist ja schon richtig weihnachtlich hier. Du hast wirklich ein Händchen dafür."

„Danke", freute ich mich über sein Lob.

Als unsere Blicke sich trafen, durchzog mich erneut ein heftiges Kribbeln.

„Ist Marion auch hier?" fragte Julian und entschärfte die Situation damit ein wenig.

„Ja, sie ist im Büro." Ich wandte mich ab und realisierte erschrocken, wie mich dieses unvorbereitete Treffen aus der Bahn warf.

Als Julian bei Marion im Büro verschwunden war, ließ ich mich auf einen Stuhl sinken und sammelte meine

Gedanken. Es war das erste Mal seit unserem klärenden Gespräch, dass wir uns wieder persönlich gegenüberstanden. Mir war durchaus klar, dass wir früher oder später in der Pension wieder aufeinandertreffen würden, aber ich hatte den Gedanken daran bisher erfolgreich verdrängt. Ich fragte mich, wie Julian wohl unsere Begegnung empfand, er hatte jedenfalls eben auf mich auch keinen souveränen Eindruck gemacht. Es würde wohl noch eine Weile dauern, bis wir wieder entspannter miteinander umgehen könnten. Nachdem ich mich wieder etwas gefangen hatte, machte ich mich wieder an die Arbeit.

Mit einem tiefen Atemzug stand ich auf und wollte gerade wieder auf den Tresen steigen, als sich die Bürotür öffnete und Julian zurückkam.

„Das ging ja schnell", war ich überrascht.

„Ja, allerdings. Kannst du mir vielleicht sagen, was mit Marion los ist?" Julian zog die Stirn in Falten. Statt einer Antwort schaute ich ihn fragend an.

„Marion wirkt total abwesend und wortkarg. Als ob sie etwas beschäftigt. Ich kenne doch meine Schwester. Irgendetwas ist da im Busch", beschrieb Julian und schien sich wirklich Gedanken zu machen.

„Achso, ja ich weiß, was du meinst. Und ich glaube, ich weiß auch, was dahintersteckt", sprach ich laut aus, was ich dachte. Auch ich hatte mir in den letzten Tagen vermehrt Gedanken dazu gemacht und es tat mir leid, Marion so zu sehen. Seit dem Treffen mit Stefan wirkte es, als ob bei Marion eine bis dato verschlossene Schublade wieder geöffnet worden war. Eine Schublade gefüllt mit alten Emotionen, die Marion nun wieder eingeholt hatten.

Julian sah mich erwartungsvoll an und ich fühlte mich verpflichtet, mehr zu erklären. „Marion hat vor einigen Tagen Stefan wieder getroffen. Sie waren zusammen auf einem Klassentreffen und haben sich wohl nach 35 Jahren zum ersten Mal wiedergesehen. Mir scheint, als ob da alte Gefühle wieder hochgekommen sind und ich schätze, das verwirrt sie."

„Stefan? Das ist ja eine Überraschung. Ich dachte, die beiden hätten keinen Kontakt mehr." Julian war sichtlich erstaunt.

„Scheinbar hatten sie das auch nicht. Marion war total überrascht, als er hier auf einmal vor ihr stand."

Ich war mir plötzlich gar nicht mehr sicher, ob es Marion so recht war, dass ich mit ihrem Bruder über sie sprach. Schließlich hätte sie ihm eben selbst alles erzählen können, wenn sie denn gewollt hätte. Aber er war ihr Bruder und ich hatte mir schon die ganze Zeit überlegt, ob es nicht möglich wäre, ein bisschen nachzuhelfen und Stefan und Marion dazu zubringen wieder aufeinander zuzugehen.

„Die beiden waren damals unzertrennlich und ich weiß noch, wie schlecht es Marion nach der Trennung ging", erzählte Julian.

„Das erklärt, weshalb sie das Ganze so beschäftigt. Das Wiedersehen hat sie offensichtlich mehr mitgenommen, als sie zugeben möchte."

„Was sagst du als kleiner Bruder denn zu Marions ersten großen Liebe? Hat Stefan damals deinem Urteil standgehalten?" wollte ich wissen und grinste Julian an.

„Zuerst habe ich ihn tatsächlich für einen Angeber gehalten. Aber als meine Schwester mit ihm zusammenkam und ich ihn näher kennengelernt hatte, mochte ich Stefan wirklich gern. Die beiden haben mich damals sogar manchmal zu Partys mitgenommen, was für mich als kleiner Bruder natürlich das größte war", erinnerte sich Julian.

„Und gab es nach Stefan jemand anderen in Marions Leben?"

„Ja aber nur ein paar Affären, soweit ich weiß. Naja, und Jens." Julian machte eine kurze Pause, bevor er weitersprach. „Die Sache ist böse auseinandergegangen, nachdem er Marion mit ihrer damals besten Freundin betrogen hatte."

„Oh nein." So langsam ahnte ich, was hinter Marions Entscheidung, allein durchs Leben zu gehen, steckte.

Julian nickte bedauernd. „Das war nach Stefan die zweite bittere Enttäuschung für sie und vermutlich die Erklärung dafür, weshalb meine Schwester zurückhaltend in Liebesangelegenheiten ist."

Wir hingen beide kurz unseren Gedanken nach und ich dachte darüber nach, ob es nicht gerade deshalb eine besondere Bedeutung hatte, dass Stefan nach der langen Zeit wieder in Marions Leben aufgetaucht war.

Ich hatte das Gefühl, dass es zwischen den beiden eine besondere Verbindung gab, die eine zweite Chance verdient hatte.

„Vielleicht könnte man ja etwas nachhelfen, dass Marion und Stefan wieder zueinanderfinden…" murmelte ich vor mich hin.

Julian zog eine Augenbraue hoch. „Und was schwebt dir da genau vor?“

Das allerdings wusste ich bisher noch nicht, hatte aber schon eine Idee, wem dazu bestimmt etwas einfallen würde.

20

Die Tage wurden kürzer und die vorweihnachtliche Stimmung hatte uns und besonders mich bald voll im Griff. Lichterketten, leuchtende Sterne und Kerzen erfüllten unsere Pension mit warmem Glanz. Ich genoss es besonders, nach ausgiebigen Strandspaziergängen, durchgefroren und mit roten Wangen zurückzukommen und mich mit einem heißen Tee oder Glühwein vor den Kamin zu setzen.

Doch trotz der gemütlichen Atmosphäre war Marion weiterhin ungewöhnlich still. Ich hatte versucht, sie in einem ruhigen Moment noch einmal auf Stefan anzusprechen, aber sie blockte das Thema ab und öffnete sich mir diesbezüglich nicht. Es schien, als ob sie sich in ihre eigene Welt zurückgezogen hatte.

Meine Planungen für das bevorstehende Weihnachtsfest waren bisher nicht abgeschlossen und ich hatte mich mit Pippa zum Telefonieren verabredet, um zu besprechen, wie die Feiertage in diesem Jahr aussehen würden. Traditionell verbrachten wir den Heilig Abend immer gemeinsam und feierten abwechselnd in einem Jahr bei ihr und im anderen Jahr kamen Marc und sie zu mir nach Haus. Gemäß dieser Regelung wäre ich in diesem Jahr als Gastgeberin wieder an der Reihe, nur wusste ich nicht, ob Pippa und Marc dazu bereit wären, zu mir an die Nordsee zu fahren.

„Machst du Witze? Wir freuen uns schon total drauf!" klang Pippas aufgeregte Stimme durchs Telefon und ich konnte ihren Gesichtsausdruck förmlich vor mir sehen. „Ich lasse mir doch nicht entgehen, mit meiner besten Freundin Weihnachten zu feiern! Hast du Marion schon gefragt?"

„Also zumindest hab ich´s versucht. Aber ich weiß, dass sie sich freut, wenn ihr kommt."

„Ist alles in Ordnung bei euch?" Pippa verstand nicht ganz.

„Ja, bei mir ist alles okay, aber seit ein paar Wochen ist Marion irgendwie nicht so gut drauf und wir sprechen kaum." Ich schilderte meiner Freundin Marions Wiedersehen mit Stefan und ihren anschließenden Stimmungswandel.

„Naja, dann sehe ich ja wohl klar: Wir sollten unbedingt versuchen, die beiden wieder zueinanderzuführen, um Marions Glück etwas nachzuhelfen", war Pippas Meinung.

Ich lächelte. Auf meine beste Freundin war wie immer Verlass und ich hatte mir genau diese Antwort erhofft. „Darüber habe ich auch schon nachgedacht. Mir ist aber bisher noch nicht eingefallen, wie ich das anstellen könnte."

„Also, ich finde, Weihnachten als das Fest der Liebe, eignet sich hervorragend für das Zusammenführen zweier Menschen, die sich mögen. Wir könnten

Sebastian doch einfach in die Strandbude einladen", schlug Pippa vor.

„Stefan...", korrigierte ich grinsend, während sie einfach weitersprach.

„Was hältst du davon, wenn wir eine kleine Weihnachtsfeier organisieren, mit Feuerkorb und Glühwein und voila, die Bühne ist perfekt für ein Wiedersehen der beiden."

Die Idee klang verlockend. „Das könnte tatsächlich funktionieren".

Stefans Kontakt wollte ich aus den Buchungsunterlagen herausfinden und wir beide hofften, er würde der Einladung folgen. „Du machst das schon", redete Pippa mir gut zu.

Wir verabschiedeten uns und ich versprach, sie auf dem Laufenden zu halten.

„Wäre das in Ordnung, wenn Julian Heilig Abend zu uns kommt?" fragte mich Marion morgens eine Woche vor Weihnachten.

Ich stutzte. Darüber hatte ich mir bisher keine Gedanken gemacht. „Natürlich", hörte ich mich sagen. Schließlich war Julian Marions Bruder und nach dem schweren Jahr lag es nahe, dass die beiden gemeinsam Weihnachten feierten. Ich freute mich darauf, Pippa und Marc an meiner Seite zu haben und somit sah ich dem Ganzen einigermaßen entspannt entgegen. Ich musste mich einfach daran gewöhnen, Julian öfter über den Weg zu laufen und so langsam wollte ich auch, dass wieder mehr Normalität zwischen uns einkehrte.

„Ich habe mir gedacht, wir können Fondue machen. Da ist für jeden etwas dabei, es lässt sich gut vorbereiten und es muss niemand lange in der Küche stehen." Marion schaute mich fragend an und ich lächelte zustimmend. „Finde ich gut. Pippa und Marc sind damit sicher auch einverstanden und freuen sich schon sehr."

„Wie schön." Marions Blick wurde wieder schwerer. „Im vergangenen Jahr ging es Anna schon sehr schlecht und auch wenn sie sicherlich sehr fehlen wird, ist es gut, dass wir nun nach vorne schauen und gemeinsam neue Erinnerungen schaffen können."

Auch wenn ich Marions Schwere natürlich sehr nachempfinden konnte, triumphierte ich innerlich, weil Stefan mir gestern für unsere kleine Weihnachtsfeier zugesagt hatte und ich mir von seinem Besuch viel erhoffte. Er hatte sich über meinen Anruf sehr gefreut und angekündigt, am Tag vor Heilig Abend, nach dem Besuch seiner Mutter im Pflegeheim, zu uns zu kommen. Ich hatte sogar das Gefühl, dass er vielleicht sogar von selbst schon darüber nachgedacht hatte, Marion einen Besuch abzustatten.

„Wir werden uns das richtig schön machen", sagte ich und lächelte Marion zuversichtlich an. „Wenn Pippa und Marc ankommen, würde ich gern den Feuerkorb anzünden und Glühwein vorbereiten. Wir könnten Helen, Ben und auch ein paar Freunde fragen, was meinst du?"

Marion war einverstanden und ich hoffte, dass alles so verlaufen würde, wie ich es mir vorstellte.

In den nächsten Tagen war ich damit beschäftigt, alles vorzubereiten und die letzten Geschenke zu besorgen.

Durch meine Schichten im Wohnstudio saß ich geradezu an der Quelle und ich fand sowohl für Marion als auch für Pippa etwas Schönes. Helen hatte ihr Sortiment um etliche Geschenkideen bereichert und ich brauchte ziemlich lange, um mich zu entscheiden. Für Pippa suchte ich schließlich eine edle Wolldecke aus und Marion bekam eine große Laterne aus Weidengeflecht als Windlicht von mir. Für Julian fand ich in einem Delikatessengeschäft eine Flasche Likör mit Franzbrötchen-Geschmack. Ich war zufrieden mit meiner Auswahl und freute mich jetzt auf unser gemeinsames Weihnachtsfest und darauf, meine Errungenschaften zu verschenken.

„Nora, das ist ja schön, dich zu sehen!“ Ben kam strahlend auf mich zu und wir umarmten uns herzlich. „Wie geht's dir? Bist du schon im Weihnachtsstress?“

Er nahm mir meine Jacke ab und begleitete mich zu meinem Lieblingsplatz am Fenster mit Blick auf den Strand. Das Pfahlbaurestaurant war heute verhältnismäßig leer, was vermutlich am windigen und regnerischen Wetter lag, bei dem die Urlauber sich eher in ihr Ferienhaus oder ihr Apartment verkrochen, anstatt lange Spaziergänge am Strand zu machen.

„Ach, das ist für mich eher positiver Stress. Ich freue mich sehr darauf, dieses Jahr Weihnachten hier zu verbringen“, antwortete ich. „Apropos Weihnachten: Ich wollte dich fragen, ob du Lust hast, zu einer kleinen privaten Weihnachtsfeier in die Strandbude zu kommen.“

Ben schaute fragend und ich erzählte ihm von meinem Plan und auch von meinem kleinen Kuppelversuch.

„Bei sowas bin ich immer gern dabei!“ lachte Ben herzlich. „Ich finde das richtig toll von dir, dass du das für Marion tust.“

„Ich bin echt gespannt. Aber seitdem Stefan bei uns war, ist Marion nicht mehr dieselbe und ich finde, das Leben ist zu kurz, um darauf zu warten, dass sich Dinge von selbst ergeben.

„Ich bin auf jeden Fall gern dabei und freue mich.“ Wir plauderten noch ein wenig und ich merkte wieder, wie gern ich Ben mochte. Seit dem Kochabend waren wir uns nicht begegnet und somit hatten wir uns einiges zu erzählen. Da das Restaurant bis auf wenige Tische unbesetzt war, hatten wir Zeit, um uns auf den neuesten Stand zu bringen. Ben erzählte mit leuchtenden Augen, dass er jemanden kennengelernt hatte und dass er sich seit langem wieder auf etwas Ernsteres einlassen wollte. Ich freute mich für ihn und er versprach, Henk zu fragen, ob er ihn zu unserer kleinen Glühweinparty begleiten will. „Dann kannst du ihn kennenlernen und mir anschließend diplomatisch deine Meinung sagen.“ Ben lachte sein verschmitztes Lachen und ich merkte ihm deutlich an, welche Bedeutung Henk bereits jetzt in seinem Leben hatte.

„Und bei dir? Du warst lange nicht hier. Mit Mina ist doch alles wieder okay, oder?“ Als ob er sich davon selbst überzeugen wollte, schaute Ben unter den Tisch, wo mein Hund selig schlummerte. „Ja, mit Mina ist zum Glück alles wieder gut. Wir waren gestern erst zur letzten Kontrolle beim Tierarzt und er bescheinigte mir, dass wir nun auch die Medikamente absetzen können“, erzählte ich. Sobald ich es laut ausgesprochen hatte, wurde mir noch einmal schmerzlich bewusst, wie sich alles von einem Moment auf den anderen verändern konnte und wie fragil unser Leben und unser Glück doch war. Ben schien meine Gedanken zu erkennen und legte mir eine Hand auf die Schulter. „Das hat dich ganz schön mitgenommen, oder?"

Anstatt einer Antwort, nickte ich nur und trank einen Schluck von meinem Friesentee.

„Aber um deine Frage zu beantworten, wieso ich so selten hier war: Ich habe einen neuen Job, der mich in den letzten Wochen ganz schön auf Trab gehalten hat." Ich berichtete vom Wohnstudio und auch von der Kooperation mit der Strandbude.

„Das ist ja eine richtig raffinierte Idee." Ben war beeindruckt. „Und du kannst dein Hobby super ausleben." Er schaute nachdenklich. „Wenn du das so erzählst, wird mir bewusst, dass mir das ziemlich fehlt. Mein Job hier im Restaurant macht mir zwar Spaß, ich lerne viele Menschen kennen und das Team hier in der Küche ist super. Aber es ist so ziemlich das Gegenteil von dem, was ich eigentlich gelernt habe und was ich machen wollte."

Ich schaute ihn nachdenklich an. „Das kann ich gut verstehen. Vor allem, wenn man wie du lange in einem so kreativen Job gearbeitet hat." Während Ben zu einem Gast gerufen wurde, der seine Rechnung begleichen wollte, dachte ich darüber nach, ob es nicht eine Möglichkeit für ihn gab, wieder etwas mit Design und Inneneinrichtung zu machen. Vielleicht hatte Helen eine Idee oder einen Kontakt. Ich würde sie bei nächster Gelegenheit fragen.

Nachdem Ben sich wieder seinen Aufgaben zuwenden musste, machte ich mich auf den Heimweg. Ich freute mich, dass Ben zugesagt hatte, bei unserer Glühweinparty dabei zu sein. Helen hatte bisher nur bedingt zugesagt, da sie noch einen Arzttermin und damit das Einverständnis abwarten musste, wieder Autofahren zu dürfen und Claire, meine Nachbarin und Freundin aus Hamburg musste als Krankenschwester leider arbeiten.

Als der Tag meiner kleinen Weihnachtsfeier gekommen war, konnte ich es kaum erwarten, dass Pippa und Marc endlich ankamen. Die Strandbude war mit Lichterketten geschmückt und überall hatte ich kleine Windlichter aufgestellt, was dem Haus eine besondere Stimmung verlieh. Der Duft von Glühwein zog durchs Haus und ich war gerade dabei, das Feuer im Feuerkorb zu entfachen, als ich ein Auto auf den Hof fahren hörte. Sofort rannte ich nach vorn, um meine beste Freundin in Empfang zu nehmen.

„Endlich seid ihr da“, freute ich mich lauthals, als die beiden aus dem Auto stiegen.

„Wenn ich gefahren wäre, wären wir schon längst hier!“ meinte Pippa lachend und knuffte Marc in die Seite. Der verdrehte die Augen und überging den Seitenhieb seiner Freundin, indem er mich herzlich umarmte.

„Wie schön, dich zu sehen, Nora. Ich bin richtig gespannt auf dein neues Zuhause. Ich hab´ so viel davon gehört, jetzt will ich auch sehen, ob es wirklich so gemütlich ist, wie du immer erzählst“, sagte Marc mit einem Augenzwinkern und drückte mich fest.

„Ich freu mich total, euch alles zu zeigen. Kommt rein.“ Auch Pippa und ich drückten uns ausgiebig und gemeinsam betraten wir die Strandbude. „Oh, das sieht traumhaft aus hier“, schwärmte Pippa. „Das ist ja wohl mehr als gemütlich.“

Wir zogen uns warm an und begaben uns nach draußen, wo der Feuerkorb bereits flackerte. Ich hatte eine kleine Glühweinbar aufgebaut, darum hatte ich Bänke und Stühle gestellt, auf denen Felle und Kissen lagen. Auch hier war alles mit Lichterketten, Laternen und Windlichtern geschmückt. „Wow. Das ist wie im Wintermärchen.“

„Ja, Nora hat sich mal wieder selbst übertroffen.“ Marion war zu uns gekommen und legte wertschätzend einen Arm um mich. „Wie schön, dass ihr da seid!“

Während wir uns alle mit Glühwein versorgten und gemeinsam die gemütliche Atmosphäre genossen, betrat Ben den Garten. Ich freute mich sofort für ihn, denn er war nicht alleine gekommen. Henk war wirklich sehr sympathisch und mein erster Eindruck war durchweg positiv. Als Ben mir einen fragenden Blick zuwarf, versuchte ich ihm genau das wortlos zu signalisieren. Sein dankbares Lächeln zeigte mir, dass er verstand.

Mittlerweile waren auch Julian und eine alte Freundin von Marion zu uns gestoßen und die Gruppe plauderte, lachte und bemerkte nicht, wie ich mich zur Gartenpforte bewegte, um meinen Überraschungsgast zu empfangen. „Toll, dass das geklappt hat. Komm herein“, bat ich Stefan zu uns. Marions leuchtenden Blick, als sie Stefan entdeckte, hätte ich gern gefilmt und damit für die Ewigkeit festgehalten.

Es machte den Anschein, als würde jeder der Anwesenden die besondere Verbindung der beiden bemerken und es wurde auffallend still, als Stefan und Marion sich zur Begrüßung lange umarmten.

Julian warf mir einen langen intensiven Blick zu, aus dem Dankbarkeit sprach und ich wusste, ich hatte alles richtig gemacht. Später, als alle weg oder bereits im Bett waren und ich mit Marion noch aufräumte, fasste sie mich am Arm. „Danke!" sagte sie mit ernstem Blick. „Das war ein so schöner Abend und dass du Stefan eingeladen hast, ist das schönste Weihnachtsgeschenk." Ich nahm Marion fest in den Arm und war ebenso zufrieden und dankbar, dass alles so gut gelungen war.

„Ich habe mir in den vergangenen Wochen schon etwas Sorgen gemacht", sprach ich ehrlich aus. Marion warf mir einem fragenden Blick zu.

„Du wirktest bedrückt und hast auch eher wenig mit mir gesprochen", führte ich aus.

„Oh je, war ich so schlimm?" Marion verzog den Mund. „Entschuldige. Ich neige dazu, Dinge eher mit mir auszumachen und das wirkt nach außen dann häufig unfreundlich und unnahbar."

„Du brauchst dich nicht zu entschuldigen, so schlimm warst du nicht", versuchte ich sie zu beruhigen und zwinkerte ihr zu. „Aber…", ich stockte und überlegte, ob ich Marion mit meiner Fragerei zu nahetreten würde.

„Ja? Was wolltest du sagen?"

„Naja, mich interessiert schon, ob du und Stefan euch wiederseht", traute ich mich.

Marion lächelte und ich sah ihr an, wie glücklich sie war. „Stefan hat mich eingeladen, ihn in Berlin zu besuchen."

„Wie toll! Marion, das freut mich so für dich. Für euch!"

„Würdest du..., also ich würde natürlich zu einer Zeit fahren, wenn hier wenig los ist..."

„Natürlich!" unterbrach ich sie. „Ich halte hier die Stellung!"

„Ich könnte auch Julian bitten, dich hier mit allem zu unterstützen und es wäre auch nur für ein paar Tage."

„Mach dir keine Sorgen, Marion. Das ist wirklich nicht nötig. Ich bekomme das schon hin", versicherte ich. Auch wenn ich mich vermutlich mit etwas Unterstützung im Rücken wohler fühlen würde, glaubte ich, dass es besser wäre, zu Julian weiterhin etwas Abstand zu halten. Marion widersprach nicht und fragte zum Glück auch nicht weiter nach.

21

Während Pippa und Marc ihrem Ruf als Langschläfer alle Ehre machten, drehte ich die Morgenrunde mit Mina, holte Brötchen und unterstützte Marion mit den Pensionsgästen. Das Weihnachtsfrühstück fiel heute etwas üppiger aus. Es gab neben dem sonst Angebotenem besondere Räucherfischspezialitäten, Marion hatte einen winterlichen Obstsalat gemacht und es gab Weihnachtsmarmelade, Stollen und Kekse. Leise Weihnachtsklassiker im Hintergrund komplettierten die festliche Stimmung.

„Guten Morgen ihr beiden“, begrüßte Marion Marc und Pippa, als beide noch leicht verschlafen in den Frühstücksraum geschlurft kamen. „Na, ausgeschlafen?“

„Hier ist es so ruhig, da schläft man wirklich ganz anders als in der Großstadt“, stellte Marc fest und goss sich einen großen Becher Kaffee ein. Auch ich bediente mich noch einmal am Kaffeeautomaten und setzte mich zu den beiden an den Tisch.

„Ist da Zimt in der Marmelade? Das schmeckt wirklich köstlich.“ Pippa wischte sich einen Brötchenkrümel aus dem Mundwinkel. „Überhaupt, ihr habt hier ja ordentlich aufgetischt. Ich fahre bestimmt mit zwei Kilo mehr wieder nach Hause.“

„Ach was. Wir bewegen uns hier ja auch ausgiebig. Ich habe zumindest vor, mit euch heute eine große Runde am Strand zu drehen."

„Find ich gut! Damit erlaube ich mir nun offiziell, mich ausgiebig an dem fulminanten Frühstücksbuffet zu bedienen!" Marc stand auf und lud sich den Teller voll. Pippa schaute ihm kopfschüttelnd zu. „Männer… den Stoffwechsel möchte ich haben."

Nach dem Frühstück fuhren wir nach Ording an den Strand. Das Weihnachtswetter war mild und trocken und wir genossen die klare Nordseeluft, während wir am Strand entlangspazierten und uns in der Weite des Strandes treiben ließen. Marc und Pippa genossen es sehr und durch ihre schwärmerischen Äußerungen wurde mir noch einmal mehr bewusst, wie schön ich es hier hatte.

Während Marc mit Mina vorlief und sich von ihrem auffordernden Bellen zum Spielen überreden ließ, nutzten wir die Zeit zum Quatschen.

„Wie geht's dir mit dem Julian-Thema? Es machte auf mich den Eindruck, dass es einigermaßen entspannt ist zwischen euch." Pippa schaute mich fragend an.

„Hmm…", machte ich.

„Hm? Und das soll heißen?"

„Ach ich weiß es nicht", ich seufzte und versuchte meine Gedanken zu ordnen. „Es ist okay, aber ich kann auch nicht sagen, dass es mir total egal ist." Meine Gefühle für Julian waren immer noch nicht vollständig geklärt und ich hatte sie bewusst in den Hintergrund gedrängt, um mich auf andere Dinge zu konzentrieren.

Pippa nickte nachdenklich. „Alles nicht so einfach…" sagte sie bedeutungsschwer und ich hatte fast das Gefühl, dass sie mit diesem Satz nicht nur mich und meine Situation mit Julian meinte.

Minas Bellen durchbrach die Stille und wir schauten Marc schmunzelnd dabei zu, wie er mit dem Hund um die Wette lief. „Und bei euch? Ist mit dir und Marc alles in Ordnung?“ fragte ich meine Freundin, die irgendwie nachdenklicher wirkte als sonst.

„Ja, alles gut soweit“, antwortete Pippa knapp.

Bevor ich weiter nachhaken konnte, kam Marc keuchend zu uns zurück. „Also dein Hund ist definitiv wieder fit!“ lachte er. Wir liefen noch eine Weile am Wasser entlang und hingen unseren Gedanken nach. Marc legte einen Arm um Pippa und es beruhigte mich, die beiden so zu sehen. Dennoch hatte ich das Gefühl, dass Pippa irgendetwas beschäftigte.

„Wie geht es eigentlich Helen, deiner Chefin aus dem Wohnstudio? Wollte die nicht gestern auch kommen?“ fragte Pippa nach einer Weile.

„Sie hat mir nur eine kurze und kryptische Nachricht geschickt, dass sie leider nicht kommen kann“, erzählte ich. „Ich befürchte, sie hat keine guten Nachrichten zu ihrem Knie bekommen“, überlegte ich laut.

„Meinst du? Das scheint wirklich eine langwierige Geschichte zu sein, die Arme.“ Pippa schaute besorgt. „Ja, ich dachte, dass ich vielleicht auf dem Rückweg einen kurzen Abstecher bei ihr machen und ihr auf diesem Wege noch schöne Weihnachten wünschen könnte.“

„Das ist doch eine gute Idee. Marc und ich würden gern noch kurz in den Ort und etwas besorgen. Wenn du uns vorher dort herauslassen könntest, wäre das super!“

„Nora, wie lieb, dass du vorbeischaust!“ freute Helen sich, als sie mich vor der Tür stehen sah. „Komm herein. Magst du etwas trinken?“

„Nein, vielen Dank. Ich wollte nur kurz nach dir sehen und dir persönlich schöne Weihnachten wünschen“, sagte ich und überreichte ihr ein kleines Tütchen mit unserer selbst gemachten Weihnachtsmarmelade aus der Pension. „Wie lieb von dir“, freute Helen sich und betrachtete mein Mitbringsel. Die werde ich in vollen Zügen genießen, danke sehr!“

„Aber nun erzähl mal: Deine Nachricht gestern klang besorgniserregend.“ Ich folgte der immer noch humpelnden Helen ins Wohnzimmer und setzte mich. „Was hat der Arzt denn genau gesagt?“

„Ach, Nora. Ich hatte so gehofft, dass ich als Weihnachtsgeschenk bekommen würde, diese doofe Schiene loszuwerden und endlich wieder mobil zu sein. Aber scheinbar will mein Knie etwas anderes als ich.“ Helen schaute frustriert. „Der Arzt meinte, in meinem Fall habe die Immobilisierung meines Knies zu Muskelschwund geführt.“

„Oh nein! Und was heißt das jetzt?“

„Das heißt, dass ich jetzt mit gezielter Physiotherapie versuchen muss, meine Muskulatur wieder aufzubauen, um mein Knie zu stärken und es wieder belastbar zu machen“, Helen seufzte. „Und dass das noch ein längerer Weg ist.“

„Das tut mir sehr leid. Ich kann natürlich weiterhin ein paar Tage im Wohnstudio aushelfen aber so eine richtige langfristige Lösung ist das wohl nicht, oder?“

„Das Problem sind in erster Linie die Aufträge, die ich neben dem Wohnstudio habe. Ich biete neben dem Laden noch Beratungen für die individuelle Gestaltung von Privat- und Geschäftsräumen an. Durch meinen Kreuzbandriss habe ich meine Kunden entweder auf nach Weihnachten vertröstet oder eine Online-Beratung angeboten. Auf Dauer werde ich dem aber so nicht gerecht. Ich muss vor Ort sein, die Kunden wollen mich live haben und ich muss die Räume, die ich einrichten und ausstatten soll auch fühlen, verstehst du?"

Und wie ich verstand. Ich hatte mich schon öfter gefragt, wie Helen von den zum Teil überschaubaren Einnahmen aus dem Geschäft überhaupt leben konnte. Dass sie neben dem Laden noch Interieur-Beratung anbot, erklärte einiges.

„Hier in der Gegend wird momentan ein Ferienhaus nach dem anderen gebaut. Das sind Aufträge, die kann ich mir nicht entgehen lassen. Nur weiß ich gerade nicht, wie das gehen soll mit meinem Handicap." Helen schnaufte und rieb sich über ihr Knie.

„Ich glaube, ich habe da eine Idee", sagte ich halblaut.

Helen schaute mich fragend an.

„Ich kenne da jemanden, der genau so etwas in seiner Vergangenheit gemacht hat, sich dann eine Auszeit genommen hat, aber jetzt wieder auf der Suche nach genau so einer kreativen Aufgabe ist."

„Nora, das wäre perfekt", Helen setzte sich auf und knetete ihre Hände. „Du scheinst wohl immer eine Lösung für mich parat zu haben."

Ich lächelte. „Meine Lösung heißt in diesem Fall Ben, jobbt gerade in einem Pfahlbaurestaurant und ist wirklich eine Seele von einem Mensch. Ich werde ihn gleich fragen und ihm dann deinen Kontakt weiterleiten."

„Das wäre wirklich genial und würde meine Probleme um einiges verringern, wenn das klappt!"

Ich hoffte, dass Ben von unserem Plan ebenso begeistert war wie wir und verabschiedete mich von Helen. Mittlerweile war es bereits Nachmittag geworden und Marion fragte sich sicher schon, wo wir blieben.

Auf dem Weg zur Pension sammelte ich Marc und Pippa ein. Anhand mehrerer Tüten, die sie mit sich trugen, schienen sie mit ihren Besorgungen erfolgreich gewesen zu sein. Einzig ein kleines Tütchen der Strandapotheke erweckte meine Aufmerksamkeit. „Ist bei euch alles in Ordnung? Ist jemand krank?" fragte ich besorgt und deutete auf die Tüte.

„Nee, nee. Alles ok bei uns. Ich habe mir nur etwas gegen Kopfschmerzen geholt, du weißt ja - meine Migräne", wiegelte Pippa ab und warf Marc dabei einen wissenden Blick zu. Ich kannte meine beste Freundin mittlerweile so gut, dass ich ziemlich schnell merkte, wenn sie mir nicht die Wahrheit sagte. Pippa litt tatsächlich seitdem ich sie kannte, hin und wieder unter Migräneanfällen, aber sie nahm so gut wie nie Tabletten und lebte eher nach der Devise: „Das vergeht schon wieder." Auch wenn ich mir nun etwas Sorgen machte, war ich mir sicher, Pippa würde ihre Gründe haben, mir etwas zu verschweigen und somit beließ ich es erst einmal dabei. Womöglich war etwas mit Marc und das ging mich wirklich nur bedingt etwas an.

Als wir zurück in die Strandbude kamen, verschwanden Pippa und Marc kurz nach oben, um sich frisch zu machen und für den Heiligen Abend umzuziehen. Ich wollte zuerst noch kurz in die Küche zu Marion, die bereits dabei war, Gemüse kleinzuschneiden und alle Zutaten für unser heutiges Fondue-Essen in kleine Schüsseln zu füllen. Julian saß ebenfalls bereits in der Küche und blätterte im Eider-Kurier, schaute aber nur kurz hoch, als ich hereinkam.

„Da seid ihr ja wieder", begrüßte Marion mich fröhlich. „Wie war es am Strand? Ihr habt ja lange ausgehalten." Ich begann zu erzählen, fasste mich aber kurz, als ich bemerkte, wie mich Julian beobachtete. Seine Blicke machten mich irgendwie nervös. Sofort stieg das alte Gefühl in mir hoch und mir wurde klar, dass ich einfach nach wie vor etwas für diesen Mann empfand. Auch wenn ich es mir einreden wollte, war es alles andere als entspannt zwischen uns.

„Ich ziehe mich schnell um und helfe dir dann, okay?“ versuchte ich mich aus der Situation zu ziehen und lief nach oben. Auf der Treppe begegnete ich Marc, der bereits in einem dunkelblauen Hemd und dunkler Jeans durchaus würdig für unseren festlichen Abend gekleidet war. „Pippa kämpft noch mit der Entscheidung, ob Rock oder Kleid. Ich war ihr leider keine große Hilfe.“ Marc zog die Augenbrauen hoch und wirkte etwas ratlos.

„Ich schaue mal, ob ich helfen kann“, sagte ich und legte ihm zur Beruhigung meine Hand auf den Oberarm.

Nachdem ich mein Eintreten mit einem kurzen Klopfen angekündigt hatte, betrat ich den Heimathafen, Pippas und Marcs Zimmer für ihren Aufenthalt bei uns. Meine Freundin stand in Unterwäsche vor dem Spiegel und als sie sich zu mir umdrehte, sah ich sofort, dass sie geweint hatte. „He, meine Süße! Was ist denn los?“ Ich ging auf sie zu und nahm sie fest in den Arm. Mein Gefühl, dass sie etwas belastete, hatte mich also nicht getäuscht. Pippa ließ sich in meine Arme sinken und begann zu schluchzen.

„Oh je, was ist denn nur passiert?“ Ich schob sie sanft zum Bett und setzte mich mit ihr. Pippa wischte sich die Tränen aus dem Gesicht und ich reichte ihr vom Nachtschränkchen ein Taschentuch, in das sie sich schnäuzte. „Ach Nora, ich will gar nicht so schlecht drauf sein. Heute ist doch unser gemeinsamer Heilig Abend und das will ich genießen. Es ist nur…“ ihr traten wieder Tränen in die Augen und es schmerzte, meine beste Freundin so verzweifelt zu sehen. Nachdem sie sich wieder etwas gefangen hatte, erfuhr ich endlich, was ihr so zusetzte.

„Marc und ich versuchen nun doch schon so lange, ein Kind zu bekommen“, begann Pippa zu erzählen. „Und wir waren überglücklich, als mein Schwangerschaftstest Anfang November endlich positiv war.“ Sie schluckte.

„Wir hatten eigentlich geplant, euch heute Abend die tolle Neuigkeit zu verkünden“, ergänzte Pippa, als sie meinen überraschten Gesichtsausdruck bemerkte. Ich nahm ihre Hand, weil ich ahnte, was jetzt kam „Aber dann hatte ich vor etwa zwei Wochen einen Abgang.“ Sie senkte den Blick. „Es war wirklich furchtbar, alles war voller Blut und ich konnte nichts tun.“

„Das tut mir so leid für euch“, versuchte ich mein Mitgefühl auszudrücken. „Ich weiß, dass es total floskelhaft und platt klingt, aber ich bin mir so sicher, dass ihr ganz bestimmt bald ein Kind haben werdet und dann ist diese blöde Zeit vergessen.“

„Ach Nora auch wenn ich weiß, dass das alles so kommt, wie es kommen soll und es für alles einen Grund gibt, kann ich mich damit gerade so schwer abfinden. Das alles hat mich irgendwie total aus der Bahn geworfen und ich kenne mich gerade manchmal selbst nicht mehr. Marc ist wirklich toll an meiner Seite aber ich glaube so langsam ist auch er überfordert, wenn mich so wie eben wieder diese tiefe Traurigkeit überkommt.“

„Ich kann mir vorstellen, dass das auch an den Hormonen liegt und sich das sicher alles wieder einspielen wird.“

„Ja, vermutlich hast du Recht. Momentan ist wirklich noch alles durcheinander und ich habe ab und an auch noch so ein Ziehen im Unterleib.“ Pippa strich sich über den Bauch.

„Wart ihr deshalb in der Apotheke?“

„Ja. Meine Ärztin hat mir etwas empfohlen, was ich im Notfall nehmen kann und jetzt so vor den Feiertagen fühle ich mich sicherer, wenn ich gut vorgesorgt habe."

„Na klar, das verstehe ich. Und du weißt hoffentlich, dass du immer", und um dem Wort `immer` noch mehr Ausdruck zu verleihen, hob ich demonstrativ den Zeigefinger, „verstehst du: `immer` zu mir kommen kannst, wenn irgendetwas sein sollte!"

„Das ist lieb, Nora. Klaro, ich weiß, dass du für mich da bist! Ich musste nur irgendwie erstmal selbst mit dem Schmerz klarkommen, bevor ich es erzählen konnte. Und... auch wenn es doof klingt, aber ich hatte das Gefühl, dass diese Fehlgeburt…", Pippa machte eine kurze Pause bevor sie weitersprach, „naja, dass das Ganze irgendwie noch endgültiger und offizieller ist, wenn ich es erzähle." Sie schaute mich mit ihren traurigen Augen an. „Blöd, oder?"

„Quatsch!" sagte ich sofort. „Jeder muss doch seinen eigenen Weg finden, mit solchen Schicksalsschlägen umzugehen!"

Pippa nickte dankbar.

„Komm mal her", Ich nahm meine Freundin in den Arm und wir saßen für einen Moment einfach nur da und drückten uns fest.

„Das tut gut", stellte Pippa fest.

„So jetzt möchte ich aber, dass du dich in Schale schmeißt und wir uns gleich richtig schön die Bäuche vollschlagen. Marion ist unten schon in ihrem Element und hat ganz viele Leckereien für uns vorbereitet!"

Pippa stand auf und salutierte. „Alles klar. Wird gemacht! Ich freu mich jetzt auch." Und bevor sie im Badezimmer verschwand, drehte sie sich noch einmal um und sagte mit einem weichen Gesichtsausdruck: „Danke!"

Ich war froh, dass ich nun Bescheid wusste und obgleich ich Pippas Traurigkeit sehr gut nachempfinden konnte, war ich ein fast ein wenig erleichtert, dass es nicht noch etwas Schlimmeres war, was die beiden liebsten Menschen in meinem Leben gerade so beschäftigte.

Trotz dieser Sorgen verbrachten wir einen wunderbaren Heilig Abend mit köstlichem Essen und angeregten Gesprächen. Marc schaute zu Beginn des Abends dankbar in meine Richtung, als er bemerkte, dass Pippa wieder etwas gelöster wirkte, als noch vor ein paar Stunden. Auch Marion war wieder ganz „die Alte" und ich dachte darüber nach, wie sehr uns doch unsere privaten Umstände, Sorgen und Belange zu dem werden lassen, wer wir sind und mit welcher Leichtigkeit oder eben Schwere wir durch den Alltag gehen, je nachdem, was uns gerade beschäftigte. Jeder von uns hat seine persönlichen Kämpfe und Herausforderungen, Momente der Freude und des Schmerzes. Doch in diesem Moment, umgeben von lieben Menschen, wurde mir bewusst, wie wichtig das Umfeld ist, in dem wir leben und wie wichtig die Menschen sind, die all das mit uns teilen. Und zudem ist es auch eine Kunst, in schweren Momenten, den Blick für das Positive nicht zu verlieren. Wir haben die Wahl, die uns gleichzeitig ermächtigt, unsere Perspektive zu verändern und uns auf das zu konzentrieren, was in unserem Leben gut war.

Als ob sie meine Gedanken teilte, erhob Marion festlich ihr Glas und sagte: „Wie schön, dass ihr alle da seid. Auf wundervolle Weihnachten, auf Freundschaft, die Liebe und das Leben!" Wir stießen an und alle wirkten fast ein wenig sentimental. Das brachte die Weihnachtszeit und das nahende Ende des Jahres wohl mit sich, dass alle nachdenklicher und tiefgründiger waren als sonst.

Pippa schmiegte sich zwischendurch immer wieder an Marc, als ob sie sich ihrer Gemeinsamkeit und Verbundenheit rückversichern wollte. Als Marc Pippa liebevoll einen Kuss auf die Stirn drückte, bemerkte ich, wie Julian die beiden beobachtete. Als er daraufhin in meine Richtung sah und sich unsere Blicke trafen, schaute er rasch nach unten und wendete sich wieder seinem Essen zu. Ich seufzte innerlich und fragte mich, ob wir wohl jemals wieder entspannter miteinander umgehen würden.

Nach dem Essen übergaben wir uns gegenseitig unsere Geschenke. Pippa und ich verteilten Spielwürfel und führten Marion und Julian in unsere alljährliche Tradition ein. Es wurde reihum gewürfelt und bei einer sechs durfte ein Geschenk ausgewählt und ausgepackt werden. Die Spannung stieg und die Stimmung wurde ausgelassener. Alle freuten sich über die Aufmerksamkeiten und welche Gedanken sich jeder über den Beschenkten gemacht hatte. Marion juchzte, als sie das große Windlicht auspackte und begann sofort, nach einer Kerze zu suchen, um es anzünden zu können. Mich hatte sie mit einer kuscheligen roten Mütze bedacht, die ich bei den Witterungen hier wirklich mehr als gut gebrauchen konnte.

Als Julian an der Reihe war und mein Geschenk auspackte, war ich plötzlich verunsichert, ob es wirklich das Passende oder doch nicht irgendwie zu belanglos war, was ich für ihn ausgesucht hatte. Aber er freute sich wirklich und bestand darauf, den Likör mit Franzbrötchenaroma gleich mit uns zu probieren. Nachdem Pippa von Marc mit einem hübschen goldenen Kettenanhänger in Form eines Smileys beschenkt worden war, war ich wieder mit Würfeln an der Reihe. Es lag nur noch ein Geschenk unter dem Tannenbaum und da ich bereits reich beschenkt worden war, schaute ich fragend in die Runde, als der Würfel eine Sechs anzeigte.

„Das ist noch von mir für Nora“, klärte Julian auf.

Überrascht wickelte ich das Geschenkpapier auf und öffnete die zum Vorschein kommende Schachtel. Darin befand sich ein kleiner silberner Kompass mit einem Schlüsselring daran. „Oh“, sagte ich nur, da mir plötzlich nicht nur die Worte fehlten, sondern gleichzeitig unzählige Gedanken durch den Kopf gingen.

Julian räusperte sich leicht verlegen. „Ich habe mir gedacht, den kannst du vielleicht ganz gut gebrauchen, damit du deinen eigenen Weg weiterverfolgen kannst und nie die Richtung verlierst.“

„Danke, Julian. Was für eine schöne Idee“, fand ich langsam meine Worte wieder. Ich war mehr als überrascht und auch gerührt über diese tiefgründige Geste von ihm. Pippa warf mir einen bedeutungsschwangeren Blick zu und ich wäre am liebsten mit ihr nach oben verschwunden, um die ganze Situation sofort zu analysieren und ausführlich zu besprechen.

„Jetzt wird's aber Zeit für meine Überraschung“, holte mich Marion aus meinen Gedanken. Ihr gefiel es sichtlich, uns mit unseren fragenden Gesichtern zurückzulassen, als sie kurz den Raum verließ und mit breitem Lächeln sowie einer großen Papiertüte wieder zurückkam. Feierlich stellte sie sich an den Kopf des Tisches und überreichte jedem von uns daraus ein mit einer Schleife zugebundenes dunkelblaues Bündel aus Stoff. „Für Nora“, las ich auf einem kleinen Etikett, das an meiner Schleife befestigt war.

„Was ist das?“ fragte Julian stellvertretend für uns alle, die wir ein wenig überfordert waren mit diesem weiteren Geschenk, mit dem wir nichts so recht anzufangen wussten.

„Nun macht es doch mal auf", forderte Marion uns auf.

Wir lösten die Schleifen und jeder von uns entfaltete ein dunkelblaues Kapuzensweatshirt, auf deren Rückseiten der Strandbude-Schriftzug prangte. „Das ist ja cool", fand Pippa. Auf der Vorderseite war mein Name eingestickt, was dem Geschenk eine persönliche und besondere Note verlieh.

„Was für eine tolle Überraschung, Marion!" freute ich mich.

„Die Strandbude ist in den letzten Monaten durch dich", Marion machte eine kurze Pause und schaute erst mich und dann in Pippas und Marcs Richtung, „und auch durch euch nochmal mehr zu etwas ganz Besonderem geworden. Ich dachte, es wäre schön, wenn uns die Sweatshirts an diese Zeit erinnern. Und außerdem sehen wir damit aus wie ein richtiges Team."

Wir bedankten uns alle herzlich bei Marion und zogen uns die neuen Hoodies sofort über. Ausgelassen drapierten wir uns vor dem Weihnachtsbaum und mit Hilfe der Selbstauslöser-Funktion entstand ein lustiges Foto, das ich mit dem Titel „Das Team der Strandbude wünscht fröhliche Weihnachten" auf unserem Picstagram-Account hochlud.

Es mag vermutlich auch am Wein gelegen haben, aber am Ende dieses wunderschönen Abends fiel ich mit Tränen voller Dankbarkeit über diese wunderbaren Menschen in meinem Leben hundemüde aber glücklich in mein Bett.

22

Pippa und Marc blieben noch bis Anfang Januar in der Strandbude und wir feierten gemeinsam mit ein paar Gästen aus der Pension ins neue Jahr hinein. Da Silvester sonst für Mina bisher immer eine Tortur gewesen war und sie sich sonst für gewöhnlich bereits ab Mittag unter dem Sofa verkrochen hatte, war es in diesem Jahr mehr als entspannt. Dass in ganz Sankt Peter Ording ein Feuerwerksverbot herrschte, war eine wirkliche Erleichterung und ich beschloss, diesen Tag von nun an immer an einem ruhigen Ort wie diesem zu verbringen.

Pippa und ich waren in diesen Tagen viel am Strand spazieren und wir genossen die gemeinsame so rar gewordene Freundinnenzeit in vollen Zügen. Marcs Aussagen, währenddessen viel lieber in seinem neuen Buch zu lesen, eine Runde laufen zu gehen oder Marion bei der Reparatur der quietschenden Haustür helfen zu wollen, hinterfragten wir nicht weiter. So waren wir uns beide sicher, dass er am Ende gern mir als beste Freundin die tiefgründigen Gespräche mit allem was dazugehörte überließ. „Pippa ist so unfassbar traurig und das macht mich so hilflos“, sagte Marc mir eines Morgens beim Kaffee, als sie noch oben in der Dusche stand. Ich war froh, dass die beiden hier bei mir waren und ich ihr als Freundin in dieser für sie herausfordernden Zeit so gut es ging beiseitestehen konnte.

„Ach Nora, das ist wirklich Balsam für meine Seele“, schwärmte sie, als wir wieder eine unserer großen Runden am Meer drehten und uns den Wind um die Nase wehen ließen.

„Das hier ist wirklich ein Kraftort. Das empfinde ich auch oft so und ich kann es mir irgendwie gar nicht mehr anders vorstellen.“

„Hmm“, machte Pippa. „Es ist echt erstaunlich, wie schnell alles vergangen ist. Nun bist du schon seit sechs Monaten hier.“

„Ich habe vor allem nicht den blassesten Schimmer, wie ich ab Sommer wieder vor einer Klasse stehen soll.“ Ich seufzte.

„Musst du das denn?“ Pippa blieb stehen und schaute mich mit ernstem Blick an. „Wenn ich eins weiß, dann, dass das Leben manchmal komische Wege geht. Aber dich hat deins hierher geführt und du wirkst viel glücklicher und ausgeglichener, seitdem du hier bist. Wieso solltest du zu etwas zurückkehren, was dich einfach nicht mehr zufriedenstellt?“

Auch wenn ich Pippa zu hundert Prozent zustimmte und ich insgeheim auch bereits darüber nachgedacht hatte, wie es wäre, für immer hier zu bleiben, hatte ich für einen entscheidenden Faktor bisher keine Lösung:

„Und wovon soll ich hier bitteschön leben?“

„Hmm“, machte Pippa wieder und in ihrem Kopf ratterte es offensichtlich. „Ich bin mir ganz sicher, dass sich dafür irgendeine Lösung finden wird, meinst du nicht?“

„Ich bin für alle Ideen und Vorschläge dankbar.“ Ich schubste Pippa sanft zur Seite und sie hakte sich bei mir ein. „Ich finde jedenfalls, dass du hierher gehörst. So sehr ich dich bei mir in Hamburg vermisse, aber ich kann es als deine beste Freundin und Glücksmanagerin nicht verantworten, wenn du dort eingehst wie eine nicht gegossene Primel.“

Ich lachte. Pippas humorvolle Art war wie immer wohltuend.

„Ich habe aber ja auch noch ein bisschen Zeit und will eigentlich noch gar nicht ans Ende denken.“

„Du hast Recht. Und wer weiß, was bis dahin noch alles passiert“, funkelte sie mich an.

Als vor uns das Strandbistro auftauchte, entschieden wir, dort einzukehren und uns bei einem heißen Grog aufzuwärmen. Wir stapften die Treppe des Pfahlbaurestaurants hoch und freuten uns über die uns entgegenschlagende Wärme, als wir den Innenraum betraten. Etwas enttäuscht registrierte ich jedoch, dass Ben heute nicht zu arbeiten schien. Ich hatte ihn bei dieser Gelegenheit endlich von Helen erzählen und ihn fragen wollen, ob er sich vorstellen konnte, bei ihr einzusteigen. Als mir eine Kellnerin beim Aufgeben unserer Bestellung bestätigte, dass Ben heute nicht arbeitete, nahm ich mir vor, ihn später einfach anzurufen. Von unserem Platz hatten wir wunderbare Sicht auf das Meer und während Mina unterm Tisch bereits wohlig schlummerte, schauten wir eine Weile den Kitesurfern zu, die es wirklich bei jedem Wetter aufs Wasser trieb. Der Anblick löste in mir einen

Zwiespalt aus zwischen der Bewunderung, sich ganz dem Element Wasser hinzugeben und dabei jeglicher Witterung zu trotzen und gleichzeitig fand ich das Meer mit seiner Kraft und seiner Schwärze oftmals bedrohlich.

„Ist schon bewundernswert. Aber für mich wäre das nichts.“ Pippa schüttelte den Kopf.

„Ja, ich bin da auch noch ambivalent. Aber eigentlich hatte ich mir vorgenommen, wenn ich hier schon ein Jahr verbringe, es wenigstens einmal auszuprobieren.“

„Echt? Du willst einen Surfkurs besuchen?“ Pippa schaute mich ungläubig und gleichzeitig bewundernd an.

„Also zumindest spiele ich mit dem Gedanken.“

„Find ich super, Nora. Vielleicht ist der Surflehrer ja ein heißer Single und am Ende surft ihr gemeinsam glücklich in den Sonnenuntergang.“

„Ja ja, spotte du nur.“ Wir lachten und Pippa prostete mir zu: „Auf die heißen Surflehrer an der Nordsee!“

Ausgelassen und zufrieden kehrten wir später in die Strandbude zurück. Da meine beiden Gäste am nächsten Tag abreisen würden, zog Pippa sich zum Packen nach oben zurück. Ich nutzte die Zeit und meldete mich bei Ben. Er freute sich sehr über meinen Anruf und erzählte mir gleich, dass er sich ein paar Tage frei genommen hatte, weil Henk ihm zu Weihnachten Theaterkarten geschenkt hatte und sie zu diesem Anlass ein paar Tage in Hamburg verbrachten.

„Ach, Ben. Wie schön, dass es für euch so gut läuft.“

„Danke, Nora. Ich hätte das auch nicht für möglich gehalten. Hätte man mir vor ein paar Wochen erzählt, dass ich demnächst meinen Traummann treffe und mit ihm die Zeit meines Lebens haben würde, ich hätte es nicht geglaubt."

„Ja, wie schnell sich alles ändern kann. Ich freue mich wirklich sehr für euch."

„Aber erzähl du doch mal! Wie läuft es bei dir?"

„Von den Feinheiten berichte ich, wenn du wieder zurück bist", wiegelte ich ab. Ben lachte. „Okay, verstehe. Freu mich schon auf unser nächstes Strandbistro-Date."

„Wieso ich eigentlich anrufe und dich in deinem Liebesurlaub störe ist, weil ich dich für einen Job vorgeschlagen habe, der vielleicht interessant für dich sein könnte."

„Oh, nun bin ich aber gespannt."

Ich berichtete Ben von Helens Situation mit dem Wohnstudio und dass sie nach jemandem suchte, der ihr in der nächsten Zeit besonders bei der Interieur-Beratung unter die Arme greifen könnte.

„Oh, das klingt wirklich nach etwas, das ich eigentlich die ganze Zeit gesucht habe. Danke Nora, dass du an mich gedacht hast!"

Wir verblieben so, dass ich Ben Helens Kontaktdaten übermittelte und er sich bei ihr melden würde. Ich freute mich, dass ich ihm damit möglicherweise zu einer neuen beruflichen Chance verholfen hatte und ich richtig lag mit meiner Vermutung. Das könnte wirklich zu Bens Wunsch passen, wieder mehr in der eigentlichen Richtung seines erlernten Berufs oder auch seiner Berufung zu arbeiten.

Nachdem Pippa und Marc wieder abgereist waren, kehrte der Alltag zurück in die Strandbude. Auch wenn der Januar für gewöhnlich nicht zu meinen Lieblingsmonaten gehörte, genoss ich die Ruhe und besonders die Leere am Strand. Mina konnte noch ausgelassener als sonst ihre Runden drehen und auch das Wetter zeigte sich bisher noch von seiner gnädigen und milden Seite.

Für die kommenden Tage und Wochen waren nur vereinzelt Gäste in der Pension eingebucht, so dass Marion beschloss, Anfang Februar ihr Geschenk einzulösen und Stefan in Berlin zu besuchen. Ich stimmte mich mit Helen und dem Aushelfen im Wohnstudio ab, aber seitdem ich ihr Ben als neuen Mitarbeiter übermittelt hatte, räumte sie mir dankbar alle Freiheiten ein, nach denen ich fragte:

„Natürlich Nora. Wenn du Marion in der Strandbude vertreten musst, dann finde ich für die paar Tage eine andere Lösung für den Laden."

Da die Pfahlbaurestaurants nach den Feiertagen in den ersten Monaten des Jahres für gewöhnlich eine Winterpause einlegten, war es für Ben auch aus diesem Grund eine glückliche Fügung, bei Helen mit einzusteigen zu können. Neben der Beratungstätigkeit für Inneneinrichtungen übernahm er auch noch einige der Schichten im Laden, so dass ich mich wieder hauptsächlich in der Strandbude einbringen konnte. So ganz wollte ich meinen Job im Wohnstudio aber dann doch nicht aufgeben. Dass ich mich mit all den schönen Dingen dort umgeben konnte, machte mir nach wie vor großen Spaß und auch die saisonale Dekoration in der Pension mit Sachen aus dem Wohnstudio führte ich weiter fort. Auf unserem Picstagram-Account hatte ich inzwischen eine bemerkenswerte Community aufgebaut und ich bekam nun einen Eindruck davon, wie viel Zeit es kostete, all die Nachrichten zu bearbeiten und Fragen zu beantworten, die ich inzwischen täglich bekam. Auch wenn Marion sich manchmal noch skeptisch zeigte und mich insgeheim etwas belächelte, dass ich mit meinem Handy auch „arbeitete", empfand ich die sich in den letzten Monaten entwickelte Followeranzahl als wirklichen Erfolg. Nicht nur für die Strandbude hatten wir dadurch mehr Bekanntheit erzielt und so die Übernachtungszahlen gesteigert, auch die Nachfrage für Helens Wohnstudio wuchs stetig und brachte sie mehr und mehr in die Situation, über einen Online-Shop nachzudenken, um den ganzen Versandanfragen auch gerecht werden zu können.

„Ach Nora, wenn Weihnachten erstmal vorbei ist, kehrt wieder mehr Ruhe ein und die Leute verlieren das Interesse", spielte Helen es herunter. Ich bezweifelte dies allerdings, wollte sie aber zu nichts überreden und wusste momentan auch noch nicht genau, wie das alles gehen könnte.

So verging der Januar fast wie im Flug und als Marions verlängertes Wochenende in Berlin bevorstand, hatte ich mir zum Glück im Vorfeld wenig Sorgen und Gedanken machen können, was damit alles auf mich zukommen würde. Für die Zeit war glücklicherweise nur ein älteres Ehepaar als Gast eingebucht, die zudem noch am Samstag wieder abreisen würden. Marion hatte mir eine Liste mit Dingen vorbereitet, an die ich mich den Ablauf betreffend einfach halten sollte. Während ich mit dem

Frühstückmachen relativ gut auskannte, war ich in Abrechnungsdingen bei An- und Abreise weniger firm.

„Du kannst mich jederzeit anrufen, wenn du Fragen hast, okay?"

„Klar, ich kriege das schon hin", versuchte ich sie zu beruhigen und meine doch vorhandene Ehrfurcht, hier vier Tage allein mit allem zu sein, zu überspielen.

„Julian weiß sonst auch Bescheid und kann dir im Notfall helfen." Marion schaute mich ernst an. „Oder ist dir das zu viel? Ich kann Stefan auch absagen, Nora!"

„Auf gar keinen Fall!" rief ich empört. „Du fährst morgen früh schön in unsere Hauptstadt und verbringst dort ein romantisches Wochenende mit deiner großen Liebe!" Ich grinste verschmitzt und Marion gab Ruhe.

„Können Sie uns vielleicht sagen, wo hier der nächste Bäcker ist? Mein Mann und ich würden so gern ein Stückchen Butterkuchen essen." Ich stand an der Rezeption und war gerade dabei, eine Buchung für den nächsten Monat im Computer anzulegen, als unser aktueller Gast vor mir auftauchte.

Ich musste innerlich schmunzeln und überlegte, ob Kaffee und Kuchen so ein Generationending ist und einfach damit zu tun hat, wie oder auch womit man aufgewachsen ist und ob das wohl irgendwann aussterben wird.

„Wenn Sie diese Straße heruntergehen, dann finden sie auf der Hauptstraße nach ungefähr 300m auf der linken Seite die Bäckerei Lankenau", gab ich höflich Auskunft. „Ansonsten gibt es hier in der Gegend aber auch viele nette kleine Cafés, in denen es auch die berühmte

Friesentorte gibt. Die müssen Sie eigentlich unbedingt mal probieren."

„Nein, mein Mann und ich müssen ein wenig auf unseren Cholesterinspiegel achten. Aber vielen Dank." Die Frau wandte sich zum Gehen und ich zweifelte daran, ob Butterkuchen nun förderlicher in Sachen Cholesterinspiegel war als Friesentorte. Kopfschüttelnd wendete ich mich wieder dem Buchungsprogramm zu, als auf meinem Handy eine Nachricht aufploppte.

„Hallo Nora, ich bin gestern gut angekommen und uns geht es hier sehr gut. Stefan ist wirklich ein toller Stadtführer und wir haben bereits einiges besichtigt und unternommen. Ich hoffe, bei dir ist soweit alles in Ordnung? Liebe Grüße aus Berlin, Marion."

Kurzerhand tippte ich meine Antwort:

„Das klingt hervorragend! Hier ist alles wunderbar und ich glaube, bisher habe ich dich ganz würdig vertreten." Ich fügte einen zwinkernden Smiley ein und schrieb weiter: „Bitte richte Stefan liebe Grüße aus. Bis Montag! Alles Liebe von Nora."

Tatsächlich hatte ich hier alles im Griff und war deshalb sogar ein wenig stolz auf mich. Die beiden Gäste frühstückten zeitig, was für mich zwar frühes Aufstehen bedeutete, aber dafür waren sie danach die meiste Zeit am Tag unterwegs, so dass ich mich in Ruhe um alles weitere hier kümmern konnte und darüber hinaus auch noch Zeit für Mina und unsere gemeinsamen Gassirunden hatte.

Erneut leuchtete mein Handy auf. Eine Warnmeldung meiner Wetter-App kündigte für die kommenden Tage ein Sturmtief mit mittelschwerer Sturmflut an. Da ich hier in den letzten Monaten schon den einen anderen Sturm miterlebt und mich beinahe schon daran gewöhnt hatte, schenkte ich der Meldung keine weitere Beachtung und wischte diese auf dem Display zur Seite. Viel interessanter fand ich die Nachricht, die auf Picstagram eingegangen war. Es war die Anfrage einer Hamburger Firma, die nachhaltige Servietten herstellte und uns nun eine Kooperation anbot. Ich klickte mich durch deren Profil und war positiv angetan. Sowohl die Geschäftsidee, bei der Verwendung von Servietten auf Nachhaltigkeit zu achten, als auch das wirklich ansprechende Design wirkte auf mich sehr interessant und auch passend zu unserem Stil. Irgendwie freute ich mich über diesen Erfolg. Mir war bewusst, dass man uns keine Kooperation anbieten würde, wenn wir keine entscheidende Reichweite hätten und diese Anfrage vermittelte auch den Eindruck, dass sich meine Arbeit auf dem Account ausgezahlt hatte. Sobald Marion aus Berlin zurück war, würde ich sie fragen, was sie davon hielt.

23

„Vielen Dank. Es hat uns wirklich ganz wunderbar gefallen bei Ihnen“, Frau Sieber reichte mir die Hand und auch Herr Sieber verabschiedete sich mit einem herzlichen Handschlag. Ich hatte für die Abreise der beiden bereits gestern alles vorbereitet und händigte der älteren Dame die gefaltete Abrechnung aus.

„Ich freue mich sehr, wenn es Ihnen gefallen hat und werde es Frau Friedrich gern ausrichten.“

Da mich die beiden etwas fragend anblickten, fügte ich erklärend hinzu: „Frau Friedrich ist gerade für ein paar Tage verreist und ich vertrete sie in ihrer Abwesenheit.“

„Ah, aber sie passen gut hierher. Wir haben gedacht, dass die Pension Ihnen gehört. Alles wirkt so jung und modern, oder Erich?“ Frau Sieber schaute zu ihrem Mann, um sich zu vergewissern. Der wiederum nickte nur.

„Vielen Dank, das freut mich zu hören. Ich wünsche Ihnen alles Gute und würde mich freuen, wenn Sie uns bald mal wieder besuchen“, verabschiedete ich die beiden und beobachtete gähnend die Eingespieltheit des älteren Ehepaars. Er war für das Gepäck zuständig, Frau

Sieber schien das Organisatorische fest im Griff zu haben und ihren Mann entsprechend anzuleiten. `Ob sich das Rollenmodell wohl jemals grundlegend ändern wird?`, fragte ich mich. Erneut überkam mich der Gähnreflex. Ich hatte nicht wirklich erholsam geschlafen, weil der Wind bereits in dieser Nacht ordentlich am Haus gerüttelt hatte. Hier mit allem allein zu sein, fühlte sich am Ende doch noch einmal anders an und vermutlich konnte ich vor diesem Hintergrund weniger entspannen als sonst.

Nachdem die Siebers abgereist waren, schnappte ich Mina, damit wir unsere große Runde erledigen konnten, bevor der Wind, wie vorhergesagt, noch stärker auffrischte. Aber bereits jetzt hatten wir beide große Probleme gegen den Sturm anzukämpfen und es war deutlich zu merken, wie klein und unbedeutsam wir inmitten der Naturgewalten waren. Mina erledigte ihre Geschäfte verhältnismäßig schnell, als ob auch sie sich dem ganzen nicht länger als nötig aussetzen wollte.

„Na dann komm Minchen, dann machen wir es uns jetzt drinnen gemütlich", rief ich gegen den an mir zerrenden Wind an und trat den Rückweg an. Inzwischen hatte es auch noch angefangen zu regnen und ich war froh, als ich wieder zu Hause war und die Tür hinter uns schließen konnte.

„Brrr", machte ich und entledigte mich meiner nassen Sachen. Eingekuschelt in meinem warmen Jogginganzug versuchte ich das Feuer im Ofen zu entfachen, doch trotz mehrerer Versuche, dem Einsatz von jeglichen Anzündmethoden in Form von Anzündwolle, Zeitungspapier und Co. wollte es einfach nicht brennen. Der starke Wind schien den Rauch direkt in den Kamin zu drücken, anstatt ihn nach oben zu abzuleiten. Manno, dabei wäre gerade jetzt die Gemütlichkeit des lodernden Feuers so schön gewesen. Frustriert ließ ich mich auf die Küchenbank sinken, während Mina schwanzwedelnd vor mir stand. „Ja ich weiß, du hast Hunger. Ich mache dir jetzt etwas."

Während Mina sich über ihre Fleischmahlzeit hermachte, überlegte ich, wie die meine heute aussehen könnte. Weil ich gerade so überhaupt keine Lust darauf hatte, aufwendig die Töpfe und Pfannen zu schwingen, machte ich mir einfach ein paar belegte Brote, die ich im Stehen am Küchentresen verspeiste.

Vor dem Küchenfenster konnte ich beobachten, wie die Bäume sich im Wind bogen und der Regen unablässig gegen die Scheiben prasselte. Der Wind hatte nochmal zugenommen und in mir breitete sich ein beklemmendes Gefühl aus. So beschloss ich, mich mit einem Film oben unter meiner Decke zu verkriechen und heute einfach mal früh schlafen zu gehen.

Trotz meiner Bemühungen, die Geräusche draußen zu ignorieren, fand ich nur schwer in den Schlaf. Immer wieder wurde ich vom Lärm des Sturms geweckt, dessen Böen sich wie ungleichmäßige Wellen am und ums Haus brachen. Jedes Mal, wenn ich kurz davor war, in einen unruhigen Schlaf zu fallen, wurde ich von einem tosenden Wummern aufgeschreckt. Langsam fand ich es wirklich beängstigend und auch Mina hob immer wieder beunruhigt ihren Kopf.

Plötzlich fuhr ich aus meinem halbschlafähnlichen Zustand hoch, als ein ohrenbetäubender Knall mit darauffolgendem Klirren durchs Haus drang. Schlagartig war mir klar, dass etwas passiert sein musste. Mina begann zu bellen und ich setzte mich zitternd auf. Ich versuchte sie durch mein beschwichtigendes „Aus, Mina. Still!“ zu besänftigen und lauschte kurz, ob ich durch weitere nun folgenden Geräusche heraushören konnte, was diesen Knall ausgelöst haben konnte. Als dem nicht so war, tastete ich mit zitternden Händen nach dem Lichtschalter und lief zum Fenster, um nach draußen zu sehen.

„Ach du Sch….!“ flüsterte ich schockiert.

Ein großer Baum war direkt vor unserem Haus umgestürzt und auf den hinteren Teil der Pension gekracht.

Schnell wickelte ich mich in meinen Bademantel und lief die Treppe herunter.

Der Baum lag einmal quer durch den Garten und war mit dem Ende eines dicken Asts durch die Scheibe des Frühstücksraums gebrochen. Die Gardine flatterte panisch im Wind und auch die Tischdecken hatten sich bereits quer über den Raum verteilt.

Ich konnte gerade noch verhindern, dass Mina durch die Scherben lief und rief sie zu mir. Ich war restlos überfordert und meine Gedanken wirbelten im Kopf herum. Was sollte ich tun? Marion würde sich nur aufregen und könnte aus Berlin auch so schnell nichts tun. Also entschied ich mich kurzerhand, Julian zurufen.

Ich hastete nach oben zu meinem Handy und drückte mit zittrigen Fingern unter Julians Namen das Anrufsymbol. „Bitte geh ran!“ dachte ich, da es mittlerweile eher verbreitet war, sein Telefon nachts in den

Flugmodus zu versetzen, um die Strahlung zu reduzieren. Dann hätte ich schlechte Karten. Aber es ertönte das bekannte Tuten und nach einer gefühlten Ewigkeit hörte ich seine verschlafende mich erlösende Stimme:

„Nora? Ist was passiert?"

Ich berichtete kurz und Julian versprach sofort zu kommen.

Keine zehn Minuten später erhellten die Scheinwerfer von Julians Auto die Straße.

„Danke, dass du so schnell hergekommen bist!"

„Na klar! Du Arme. Vermutlich hast du jetzt genug vom rauen Klima der Nordsee, oder?" Julian verzog die Mundwinkel und tätschelte Mina zur Begrüßung kurz den Kopf, die schwanzwedelnd vor ihm auf- und ab tänzelte. Wir liefen ins Haus und ich zeigte Julian das Ausmaß der Zerstörung.

„Ach du Sch…!"

„Ja, das habe ich auch gesagt", ich schlang die Arme um mich. „Du zitterst ja", bemerkte Julian und strich mir über die Schulter. Sofort lief mir ein zusätzlicher Schauer über Rücken. „Geht schon", tat ich es ab, konnte aber nicht leugnen, dass mir seine warme Geste guttat. Beide blicken wir wieder zum umgestürzten Baum und dem zerbrochenen Fenster.

„Okay, also ich würde vorschlagen, ich hole eben die Motorsäge aus dem Schuppen, damit wir den Ast hier erstmal wegbekommen."

„Alles klar. Ich kümmere mich dann hier drinnen um die Scherben und so."

Bevor wir uns an die Arbeit machten, dokumentierten wir für die Versicherung alles mit der Kamera meines Handys. Sicher wäre es hilfreich, das Ausmaß des Schadens darzustellen, wenn wir alle Details festhielten.

Während das Kreischen der Motorsäge ertönte, fegte ich die Scherben auf und wischte den Holzboden trocken, der vom Regen an einigen Stellen schon leicht aufgequollen war. Gerade als ich darüber nachdachte, wie froh ich war, dass Julian da war, ertönte das Nachrichtensignal eines Handys. Ich schaute auf und sah, dass das von Julians Telefon kam, das er eben hier auf den Tisch gelegt und dort liegengelassen haben musste.

Irgendetwas brachte mich dazu, dem Ganzen nachzugehen und auf das Display zu schauen. Eine Nachricht von einer gewissen „Carlotta" war eingegangen:

„Na, kannst du auch nicht schlafen? Ich denk an dich. C."

Sofort wendete ich meinen Blick ab und ein Stich der Eifersucht durchzuckte mich, gleichzeitig fühlte ich mich furchtbar verletzt. Obwohl ich wusste, dass wir nicht zusammen waren und sich Julian bewusst gegen eine Beziehung ausgesprochen hatte, wühlte mich der Anblick dieser Nachricht innerlich total auf. Hatte er nicht gesagt, er wäre noch nicht soweit, sich auf etwas Neues einzulassen? Tja, scheinbar war nur ich noch nicht die Richtige, um eine neue Beziehung einzugehen. Traurigkeit mischte sich mit Wut und ich räumte frustriert weiter auf. Trotz des Chaos in meinem Inneren, versuchte ich mir nichts anmerken zu lassen, als die Motorsäge verstummte und Julian zurück in Haus kam.

Gemeinsam befestigten wir vor dem Fenster von außen noch eine Plastikplane, damit keine Feuchtigkeit mehr ins Innere dringen konnte. Auf Julians Fragen oder Bemerkungen reagierte ich nur wortkarg und er schien es auf meinen Schock und meine Müdigkeit zu schieben. Jedenfalls sprach er mich nicht weiter darauf an. So dankbar ich ihm war, dass er mich mit all dem hier unterstützt und mir zur Seite gestanden hatte, so erleichtert war ich, als Julian, nachdem der größte Schaden beseitigt war, gegen 4 Uhr in der Früh wieder fuhr. Enttäuscht und traurig kauerte ich mich wieder in meinem Bett zusammen und konnte meine Tränen nicht mehr zurückhalten. Also weinte ich. Sicherlich weinte ich, weil mir der Schreck dieser Nacht noch in den Knochen saß. Aber ich weinte auch, weil sich durch diese Nachricht auf Julians Handy für mich irgendwie alles verändert hatte. Alles schien nun so aussichtlos und ich musste mir eingestehen, dass ich ganz tief in mir drinnen die ganze Zeit gehofft hatte, dass er es sich doch noch anders überlegen und wir zueinanderfinden würden.

Vielleicht hatte ich dadurch aber auch die Antwort auf die Frage bekommen, wie es für mich hier weitergehen könnte. Vermutlich war meine Zeit hier aus gutem Grund begrenzt und es würde das Richtige sein, spätestens im Sommer wieder nach Hamburg zurückzukehren.

24

Marion nahm die Nachricht des Sturmschadens verhältnismäßig gelassen auf. Ich war kurz davor gewesen, sie am gestrigen Morgen in Berlin anzurufen, um ihr Bescheid zu geben. Immerhin war es ihre Pension und es war ihr sicher nur Recht zu erfahren, wenn etwas passiert war. Im letzten Augenblick hatte ich mich dann aber doch dagegen entschieden und ihr nur per SMS eine deutlich heruntergedampfte Version der Geschichte geschrieben. Ich wollte sie einfach nicht unnötig beunruhigen, da sie von dort aus sowieso nichts hätte tun können außer sich Sorgen zu machen. Und auf den einen Tag kam es jetzt auch nicht mehr an. So standen wir nun nach ihrer Rückkehr im Frühstücksraum und analysierten noch einmal gemeinsam alle entstandenen Schäden.

„Das tut mir so leid, dass ich dich nach deinem schönen Wochenende mit so einer Nachricht empfangen muss."

„Ach Nora, ich habe in den letzten Jahren schon so viel gemeistert, da kriege ich DAS jetzt auch noch hin. Viel mehr bedaure ich, dass du mit alldem ganz allein warst. Wieso muss denn so etwas ausgerechnet dann passieren, wenn ich mal für ein paar Tage nicht da bin?" Marion befühlte die Wand und prüfte, ob neben dem beschädigten Fenster weitere Feuchtigkeit eingedrungen war.

„Ach, mach dir bitte keine Gedanken. Es ist ja alles gut gegangen und Julian war glücklicherweise erreichbar und wusste, was zu tun war.“ Meine Panik und das beklommene Gefühl während der Sturmnacht verschwieg ich lieber. Sofort kam mir auch die SMS auf Julians Handy wieder in den Kopf und mein Magen zog sich zusammen.

„Wir können ganz froh sein, dass in den nächsten Tagen keine neuen Gäste anreisen, so können wir uns erst einmal in Ruhe um die Reparatur der Schäden kümmern,“ holte Marion mich aus meinen Gedanken und lächelte mir aufmunternd zu. Ich nahm sehr wohl wahr, dass sie mit „wir“ auch mich meinte und freute mich über die Selbstverständlichkeit, mit der sie mich als zugehörig zur Pension zählte. Wir waren mittlerweile wirklich zu einem Team geworden und das hatte sie nicht zuletzt durch das Schenken der Sweatshirts an Weihnachten ausdrücken wollen. Auch wenn ich gerade tief verletzt war und ich das Gefühl hatte, eine weitere Begegnung mit Julian kaum ertragen so können, versetzte mir der Gedanke daran, dass ich ab Sommer kein Teil der Strandbude mehr sein sollte, einen Stich. Ich würde es mehr als vermissen und musste fast schmunzelnd daran denken, wie holprig der Start mit Marion war. Hätte Pippa mir damals nicht gut zugeredet, ich wäre vermutlich gleich wieder nach Hause gefahren. Nach Hause… Der Begriff fühlte sich für Hamburg kaum noch stimmig an.

Inzwischen war das hier mein Zuhause geworden. Ich biss die Zähne fest zusammen und beschloss, meine Zeit hier weiterhin zu genießen. Außerdem wollte ich nicht zulassen, dass ich mir die Monate, die mir hier an diesem wundervollen Ort noch blieben, von einem Mann verderben zu lassen.

Während Marion in ihrem Büro verschwand, um die entsprechenden Telefonate mit der Versicherung und den benötigten Handwerksbetrieben zu führen, überlegte ich, was ich mit meiner Zeit nun am besten anfangen konnte. Da ich hier gerade nichts weiter tun konnte, entschied ich mich, zu Helen ins Wohnstudio zu fahren. Da auch ein paar Windlichter zu Bruch gegangen waren, die auf den Tischen des Frühstücksraums gestanden hatten und mit samt der Tischdecken zu Boden gerissen worden waren, würden wir neue benötigen. Gleichzeitig wollte ich auch mal abklopfen, wie die Zusammenarbeit mit Ben angelaufen war. Auf meine letzte Nachricht hatte er irgendwie nicht geantwortet und ich hoffte, das nicht als schlechtes Zeichen werten zu müssen.

Als ich mir meine Handtasche schnappte und mein typisches mentales Abhakprozedere abhielt „Handy?, Schlüssel?, Portemonnaie?“, fiel mein Blick auf den Kompass, den Julian mir zu Weihnachten geschenkt hatte und der von da an an meinem Schlüssel hing. Ich bekam einen Kloß im Hals. Ich hatte mich so über dieses persönliche Geschenk gefreut und der Anhänger hatte natürlich nicht nur aufgrund der damit verknüpften Botschaft „den richtigen Weg zu finden“ emotionalen Wert für mich. Nun bekam das Ganze einen bitteren Beigeschmack, so dass ich den Kompass kurzerhand vom

Schlüsselbund löste und im hintersten Seitenfach meines Koffers verstaute. Vielleicht gelang mir das auch irgendwann mit meinen trüben Gedanken.

„Nora, das ist ja eine Überraschung", begrüßte Helen mich herzlich. Inzwischen hatte sie es dank ihrer Physiotherapie geschafft, wenigstens auf Krücken wieder so mobil zu sein, dass sie ein paar Stunden in der Woche vom Laden aus arbeiten konnte.

„Gut siehst du aus!" bemerkte ich und wir umarmten uns beide innig. Ich schaute noch einmal genauer. „Nein, wirklich, du siehst richtig erholt aus, so frisch…"

„Danke dir! Das freut mich. Ich fühle mich auch wirklich ganz gut. Ich habe eine Heilpraktikerin aufgesucht, die mir erst einmal einen Vortrag über Ernährungsmedizin gehalten hat. Nora, das ist wirklich spannend, wie man auch eine konventionelle Therapie mit Ernährung unterstützen kann."

„Ja, das glaube ich dir sofort", pflichtete ich ihr bei. Auch ich hatte schon einiges darüber gelesen und achtete so gut es eben ging darauf, mich ausgewogen und nährstoffreich zu ernähren.

„Was hast du denn Besonderes verändert?" wollte ich nun aber genauer wissen.

„Ach, eine ganze Menge. Zum Beispiel esse ich viel weniger Brot und glutenhaltige Getreideprodukte. Ich habe eine richtige Ernährungsumstellung gemacht und fühle mich tatsächlich viel fitter", schwärmte Helen.

„Hey Nora! Wie schön, dich zu sehen!" Ben war aus dem Büro des hinteren Ladenteils gekommen und auch er begrüßte mich mit einer innigen Umarmung. „Wie geht es dir?"

„Ach, mir geht's soweit gut. Aber die Strandbude hat in den letzten Tagen etwas gelitten."

Die beiden schauten mich fragend an und ich berichtete vom Sturmschaden und meiner Aufregung in der Nacht.

„Oh nein! Und jetzt? Ich hoffe, das übernimmt Marions Versicherung?"

„Davon gehen wir aus. Das wird schon wieder", gab ich Entwarnung. Ich berichtete noch kurz von den zerbrochenen Windlichtern und Helen stand sofort auf und humpelte ins Lager, um mir neue zu holen. „Warte Helen, ich kann doch selbst…" rief ich ihr hinterher, aber sie war schon verschwunden.

Ich nutzte die Gelegenheit, um Ben auf den Zahn zu fühlen: „Ehrlicherweise bin ich auch vorbeigekommen, um mal zu sehen, wie es zwischen euch hier so läuft."

Ben strahlte. „Es ist wirklich super. Ich liebe es, wirklich Nora. Helen und ich haben glücklicherweise einen ähnlichen Stil und sind uns meistens schnell einig."

„Das hatte ich wirklich gehofft und freut mich so!"

„Und mich erst." Ben schaute nachdenklich und ich merkte sofort, dass es eine Einschränkung gab.

„Aber?"

„Ach, das Einzige, was gerade echt anstrengend ist, ist, dass Henks Lebensmittelpunkt Hamburg ist und ich echt nicht der Typ für eine Fernbeziehung bin." Ben seufzte.

„Hmm", machte ich nur, weil Helen inzwischen mit einem Paket Gläsern wieder zurückgekommen war, die ich ihr nun abnahm. Ich signalisierte Ben jedoch mit einem verständigen Blick, dass ich seine derzeitige Situation sehr gut nachempfinden konnte.

„Danke, Helen. Auf die Windlichter werden wir wirklich momentan am meisten angesprochen. Ein Gast wollte letzte Woche gleich zehn Stück mit nach Hause nehmen. Ist die Dame hier aufgetaucht?"

„Ja, die habe ich bedient", schaltete sich Ben ein. „Daran erinnere ich mich, weil sie sich auf die Strandbude bezog."

Unsere Kooperation lief weiterhin gut und Helen bedankte sich nochmals für meinen Einsatz.

Wir plauderten noch eine Weile, bis die beiden Kundschaft bekamen. Während Ben sich um die Dame kümmerte, die sich für ein besonderes Samtkissen interessierte, das ihr im Schaufenster aufgefallen war, klingelte Helens Telefon. So verabschiedete ich mich mit einem Winken von den beiden und freute mich schon auf meine nächste Schicht im Wohnstudio in der kommenden Woche.

„Und? Konntest du bei der Versicherung etwas erreichen?" Am Abend saß ich mit Marion in der Küche und sie berichtete mir von ihren zahlreichen Telefonaten, die sie heute geführt hatte. Wir hielten die Tür zum angrenzenden Frühstücksraum nun geschlossen, da die provisorische Plane vor dem Fenster natürlich nur vor Nässe aber weniger vor Kälte schützen konnte. Es war wirklich mehr als nötig, dass die Reparaturarbeiten bald beginnen würden, da der Wetterbericht schon das nächste Sturmtief angekündigt hatte.

„Meine Gesprächspartnerin war zum Glück sehr freundlich und klang auch zuversichtlich, was die Übernahme der Kosten angeht. Sie schicken morgen gleich einen Gutachter vorbei." Marion klang zuversichtlich und auch ich empfand das als gutes Zeichen.

„Nur bei den Handwerksbetrieben war ich weniger erfolgreich." Marion seufzte. „Ich habe jetzt noch zwei Kontakte bekommen, bei denen ich morgen mein Glück nochmal versuche. Drück uns die Daumen!"

„Klaro, aber sowas von!" Ich unterstützte meine Aussage durch die entsprechende Geste mit meinen Händen.

„So, aber jetzt möchte ich alles über deinen Berlin-Ausflug hören!"

Marion strahlte, als sie von ihren Erlebnissen in der Hauptstadt berichtete. Es war offensichtlich, wie sehr sie diese Reise genossen hatte und ich freute mich für sie. „Ich hatte anfangs etwas Bedenken, nach so langer Zeit mit Stefan nun so viel Zeit zu verbringen, aber es war wirklich harmonisch und echt…", Marions Augen funkelten und sie suchte nach Worten.

„Schön?" bot ich ihr an.

„Schön! Ja, es war wirklich schön. Und wir haben auch schon verabredet, dass Stefan bald wieder in den Norden kommt und dann ein paar Tage länger bleiben möchte."

„Wie schön für euch! Ich mag Stefan und ich finde ihr passt auch wirklich gut zusammen."

„Und wie geht's bei dir so?" spielte Marion den Ball zurück. Während ich kurz überlegte, was ich darauf antworten sollte, verdeutlichte sie die Richtung, in die ihre Frage zielte:

„Wie gut, dass Julian dich nachts unterstützen konnte, oder?“

„Ja, ich bin ihm dankbar, dass er sofort kommen konnte.“

„Aber?“ Marion schien meinen schlichten Tonfall bemerkt zu haben.

„Nichts „aber“, alles in Ordnung. Ich weiß echt nicht, was ich nachts so schnell ohne Julian gemacht hätte.“ Marion nickte und bevor sie weiternachhaken konnte, leuchtete eine Nachricht auf meinem Handy auf. Pippa erkundigte sich nach meinem Befinden. Sie hatte gerade einen Bericht über die diversen Sturmschäden an Nord- und Ostsee gehört, und wollte nun wissen, ob bei uns alles glimpflich abgelaufen sei.

Beinahe froh, weiteren Nachfragen von Marion entkommen zu können, entschuldigte ich mich bei ihr und zog mich zum Telefonieren in mein Zimmer zurück.

„Oh Gott, das klingt ja nach der totalen Horrornacht“, sagte Pippa schockiert, nachdem ich meine Ausführungen beendet hatte. „Aber wie gut, dass Julian so schnell da war.“

„Hmm“, machte ich nur.

Auch Pippa bemerkte meine eingeschränkte Begeisterung: „Nicht? Ist noch was passiert?“

Ich merkte erst, wie es mich erleichterte, nachdem ich meine Entdeckung auf seinem Handy endlich mit jemandem teilen konnte und Pippa die ganze Geschichte erzählt hatte.

„Wie bitte???“ Meine Freundin wurde laut. „Das kann ja wohl nicht sein Ernst sein. Also ich fand es an

Weihnachten echt wieder so speziell zwischen euch! Und dann dieses persönliche Geschenk mit dem Kompass." Pippa stöhnte. „Ach Nora, was für n Mist. Das tut mir so leid für dich. Ich dachte, dass Julian einfach nur etwas Zeit brauchen würde und dann würde er schon merken, dass er sich die Sache mit dir auf keinen Fall entgehen lassen darf!"

„Das macht mich auch echt fertig, muss ich gestehen. Ich hatte auch echt noch Hoffnung. Aber scheinbar hat er sich für eine andere Frau entschieden..." Ich seufzte.

„Du darfst dich auf jeden Fall davon nicht so runterziehen lassen. Wer nicht will, der hat schon! Und jetzt überlegen wir uns einen Plan um dich auf andere Gedanken zu bringen und." Da war sie wieder, meine Pippa. Mit ihrem unverbesserlichen Optimismus.

„Du holst jetzt Zettel und Stift und wir schreiben eine Liste mit den Dingen zusammen, die du jetzt unternehmen und für dich machen kannst", sprudelte sie weiter. Da ich keinen Grund fand, ihrer Aufforderung nicht zu folgen und ihrem Enthusiasmus nichts entgegenzusetzen hatte, hatten wir mir innerhalb weniger Minuten unter der Überschrift *„Noras Glücksliste"* folgende Dinge zusammengetragen:

- *Verwöhnmassage buchen*
- *Ausritt am Strand von Böhl*
- *Führung durch den Westerhever Leuchtturm*
- *Shoppingtour und danach ein dickes Stück Friesentorte gönnen*
- *einen schnulzigen Liebesfilm im Kino schauen*
- *einen Surfkurs machen*

„Super, ich bin mir ganz sicher, dass du dadurch viele tolle Momente haben wirst und die Zeit, die dir da oben noch bleibt, mit unserem Plan viel mehr genießen kannst, als wenn du einem Mann hinterher trauerst, der dich gar nicht verdient hat!"

„Vermutlich hast du Recht", war ich nun auch überzeugt. „Und die Sache mit dem Surfkurs hatte ich mir sowieso vorgenommen. Vielleicht bleibt es so nicht nur bei einem Vorhaben, sondern ich mach das auch wirklich", überlegte ich laut.

„Na klar machst du das!" sagte Pippa mit fester Stimme. „Dafür werde ich schon sorgen - als deine persönliche Glücksmanagerin!"

25

Als Start meiner *Glücksliste* wählte ich einen Punkt aus, der sich für mich gerade leicht zu verwirklichen anfühlte. So buchte ich mir als allererstes im SPA eines Hotels eine Ayurveda-Ganzkörpermassage. Ich hatte Glück und bekam spontan einen Termin noch für diesen Nachmittag.

Als ich erfüllt und entspannt nach dieser Wohlfühlbehandlung wieder zurück in die Strandbude fuhr, musste ich zugeben, dass diese Liste eine wirklich gute Idee war. Beflügelt wie ich war, kaufte ich auf dem Rückweg noch ein paar leckere Dinge ein, um Marion mit einem Abendessen zu überraschen.

„Oh, das sieht ja gut aus", zeigte sie sich begeistert, als sie den reich gedeckten Tisch sah. „Gibt es etwas zu feiern?"

„Nö. Oder doch: das Leben!" lachte ich und drückte Marion ein Glas Weißwein in die Hand.

„Na du hast ja gute Laune. Gibt es einen Grund?" Marion stieß mit mir an und steckte sich eine Olive in den Mund.

„Ich habe mich eben mit einer Massage verwöhnen lassen und wieder einmal gemerkt, wie wichtig es ist, das Leben zu genießen."

„Absolut. Das vergessen wir immer mal im Alltag, da hast du vollkommen Recht“, stimmte Marion mir zu.

Ich erzählte ihr von meiner besonderen „To do-Liste“, sparte aber den wirklichen Grund hierfür in meinen Erzählungen aus und begründete es damit, meine verbleibende Zeit hier in vollen Zügen genießen zu wollen.

„Was für eine super Idee. Pippa hat wirklich immer die besten Einfälle.“ Marion lachte. „Und was steht sonst noch so auf dieser Liste?“

„Ich wollte schon immer mal einen Ausritt am Strand von Böhl machen.“

„Oh ja, das hab′ ich auch schon mal gemacht, das war bis auf, dass mein Pferd eigentlich immer was anderes wollte, als ich, wirklich schön.“

Ich musste lachen und malte es mir bildlich aus.

„Und – auch wenn ich mir nicht vorstellen kann, dass ich das jemals können werde – möchte ich wenigstens einmal versuchen, auf einem Surfbrett zu stehen“, erzählte ich weiter.

„Ja, da bist du hier auch wirklich am richtigen Ort. Ich konnte mich dafür nie so wirklich begeistern. Aber Julian ist doch da der richtige Ansprechpartner.“ Marion schaute mich an. „Auch wenn er nicht mehr aktiv als Surflehrer arbeitet, kann er dir da sicherlich schnell einen Kontakt vermitteln.“

Daran hatte ich gar nicht mehr gedacht. Ich überlegte, wie ich aus dieser Situation am besten herauskäme. Da der Grund für meine Liste war, mich von Julian abzulenken, wollte ich auf gar keinen Fall, dass er dabei irgendeine Rolle spielte.

„Ja, das stimmt," murmelte ich eine verhaltene Zustimmung, nahm mir aber vor, lieber bei Ben nachzuhaken. Als leidenschaftlicher Surfer wird er mir sicherlich auch eine Adresse empfehlen können.

Um das Thema zu wechseln, fragte ich Marion nach ihren heutigen Telefonaten bei den Handwerksbetrieben und ob diese von Erfolg gekrönt waren.

„Ich hatte tatsächlich Glück und ein Tischler aus Heide hat mir zugesagt, unsere Reparatur zu übernehmen."

„Oh, was für ein Glück!" freute ich mich. „Haben die schon etwas gesagt, wie lange das dauern wird?"

„Mit ein bis zwei Wochen müssen wir schon rechnen. Ich werde den Gästen, die in der Zeit bei uns gebucht haben, einfach einen Rabatt anbieten oder sie fragen, ob sie ihren Aufenthalt verschieben wollen."

„Um wie viele Gäste handelt es sich denn?" wollte ich wissen.

„Nur um ein jüngeres Paar, das am kommenden Wochenende anreisen wird. Ich denke nicht, dass das ein größeres Problem ist. Das Frühstück könnten wir für die beiden auch hier in der Küche herrichten."

„Gute Idee", fand ich und wir beratschlagten noch ein wenig darüber, welche weiteren Maßnahmen bei den anstehenden Reparaturen zu bedenken waren.

Ich dachte darüber nach, dass Marion für alles, was die Strandbude anging, allein verantwortlich war und bewunderte ein weiteres Mal ihre Stärke und ihre Ruhe, die sie dabei ausstrahlte.

Ich hatte Glück und Ben erwies sich mir in Sachen Surfkurs tatsächlich als Vermittler.

„Tobi hat sich mit seiner Surfschule gerade selbstständig gemacht. Ich gebe dir mal seine Nummer und dann kann er dir sagen, wann die nächsten Anfängerkurse laufen."

„Danke dir. Das klingt super." Wir saßen im Büro des Wohnstudios, wo Ben gerade vor einem Stapel Farbkarten saß und ich die Zeit nutzte, um ihn nach passenden Kontakten in der Surferszene zu fragen. Meine momentanen Dienste im Wohnstudio liefen aufgrund der wenigen Touristen eher ruhig ab und ich hatte neben dem Aus- und Einräumen oder Etikettieren neuer Ware auch mal Zeit für einen kurzen Plausch mit Ben, der zwischen zwei Außenterminen noch kurz ins Büro gekommen war.

„Find' ich stark, dass du das ausprobieren willst. Ich kann mir vorstellen, dass du das genauso lieben wirst wie ich."

„Na, wir werden sehen. Aber ich hab' mir vorgenommen, wenn ich schon ein Jahr hier oben an der Nordsee verbringe, dann sollte ich es zumindest einmal versuchen."

So kam es, dass ich bereits Anfang März zur ersten Einheit meines Surfkurses aufbrach. Pippa staunte nicht schlecht, dass ich seit dem Schreiben der Liste bereits drei der insgesamt sechs Punkte erledigt hatte und den Surfkurs heute als viertes Vorhaben angehen würde. „Wenn das so weitergeht, müssen wir dir noch eine zweite Liste schreiben!" meinte sie halb im Spaß. Ich war mir aber sicher, dass sie bei Bedarf auch nicht lange zögern würde, dies wirklich in die Tat umzusetzen.

„Nein, aber mal im Ernst. Das war wirklich eine gute Idee von dir und der Ausritt letzte Woche war ein echtes Highlight. Ich bin so froh, dass ich das gemacht habe“, erzählte ich begeistert. Als Kind hatte ich ganze Sommer im Reitstall verbracht und hatte sofort Glücksgefühle, als ich wieder auf einem Pferd saß und die Kraft dieser unglaublichen Tiere spüren konnte.

„Super, dann scheinst du ja neben dem Ablenken von deinem Liebeskummer auch wirklich bleibende Erinnerungen zu schaffen. Ich als deine Glücksmanagerin bin auf ganzer Linie zufrieden!“

„Ich aber auch“, lachte ich. „Ich bin mal wirklich gespannt, ob ich das nach dem Surfen auch sagen kann. Gerade schreckt mich das kalte Wasser noch ziemlich ab, aber ich werde tapfer sein und es einfach durchziehen!“

„Genau richtig. Go, Nora!“

Es war noch recht früh am Morgen, als Tobi und einige andere Kursteilnehmer bereits am Strand warteten. Mein erster Eindruck war durchweg positiv. Tobi machte einen sehr netten und geduldigen Eindruck und gab einem das Gefühl, in guten Händen zu sein.

Auch das Wetter meinte es heute gut mit uns. Trotz der noch frischen Temperaturen wärmte die Sonne bereits ein wenig und nicht nur ich kam während der ersten Lektionen und den Trockenübungen auf dem Brett schon ganz schön ins Schwitzen.

Nachdem Tobi uns das Material und ein paar Grundlagen erklärt hatte und wir alle nach unterschiedlichen Übungen mehr oder weniger erfolgreich die Balance auf dem Brett halten konnten, hielt er es für an der Zeit, zum Abschluss der heutigen Einheit, ins Wasser zu gehen.

Die ersten Versuche waren mehr als herausfordernd für mich. Ich war zum einen mit dem Gefühl des Wassers unter mir beschäftigt und zum anderen forderte es mich unglaublich heraus, inmitten des nassen Umfelds mit den eigenen Kräften meinen Körper irgendwie auf das Board zu bekommen, geschweige denn das Segel so auszurichten, dass es richtig im Wind stand, bevor es mir schon wieder wegsacken wollte. Als ich gerade bewundern wollte, wie kalt sich meine Finger- und Nasenspitze trotz des dicken Neoprenanzuges anfühlten, beendete Tobi unsere erste Einheit und holte uns alle zum gemeinsamen Abschluss auf den Strand zusammen.

Erst jetzt bemerkte ich, wie schnell meine erste Surfstunde vergangen war. Ich war erschöpft aber zufrieden und glücklich, dass ich es versucht hatte. Ich freute mich tatsächlich schon auf die nächste Stunde und gerade, weil sich das Surfen als genau die Herausforderung herausstellte, die ich erwartet hatte, war ich fest entschlossen, dranzubleiben und mein Bestes zu geben.

Durchgefroren aber glücklich fuhr ich mit einem Bärenhunger in die Strandbude zurück und freute mich auf ein ausgiebiges Frühstück. Da die Reparaturarbeiten abgeschlossen waren, konnten alle Gäste wieder im Speiseraum bedient werden, so dass wir unsere Küche wieder für uns hatten. Das Pärchen, das in der Zeit, in der die Handwerksarbeiten liefen, in der Strandbude eingebucht war, stellte sich als ziemlich hochnäsig und mäkelig heraus und Marion und ich waren ehrlicherweise froh, als sie wieder abgereist waren. Wir zogen danach das Fazit, dass es schon einen Unterschied machte, ob man seine eigenen Mahlzeiten gemeinsam mit zahlenden Pensionsgästen einnahm oder diese mit etwas Distanz und Professionalität bewirten konnte.

Aber anstatt von Pensionsgästen traf ich heute in der Küche überraschenderweise auf Julian, der mit Marion bei einem Kaffee zusammensaß. Da ich nach meiner aufregenden Surfstunde auf dieses Zusammentreffen so gar nicht vorbereitet war, blieb ich erstmal abrupt in der Tür stehen.

„Hey Nora, na wie war es?“ Marion zog einen Stuhl zurück und signalisierte mir so, mich zu ihnen zu setzen.

Nachdem ich meine Sprache zurückfand, sagte ich kurz und knapp: „Gut. Kalt aber gut.“

Julian schaute fragend zwischen mir und Marion hin und her, bis seine Schwester ihn aufklärte.

„Nora hatte heute ihre erste Surfstunde.“

„Oh, wow. Ich wusste gar nicht, dass du Surfen lernen willst.“

„Ach, aber ich dachte, du hattest ihr den Kontakt vermittelt…?“

„Achso nee“, sagte ich schnell. „Ich habe gleich nachdem wir darüber sprachen, durch Zufall Ben getroffen und als ich ihm von meinem Vorhaben erzählte, hat er mir die Nummer seines Kumpels Tobi gegeben. Der hat gerade eine Surfschule eröffnet und hatte gleich einen Platz im Kurs frei.“ Ich fühlte mich etwas schäbig, Marion anzulügen, wusste aber gerade keine andere Möglichkeit, um die Sache nicht noch mehr zu verkomplizieren.

„Aha“, war Julians knappe Antwort und ich registrierte deutlich, wie seine Gesichtszüge sich dabei verhärteten. Was bitteschön war sein Problem? Fühlte er sich in seiner männlichen Ehre gekränkt, dass ich nicht ihn den begnadeten Surflehrer Julian Friedrich gefragt hatte, wenn ich Surfen lernen will? Ich schnaufte innerlich und spürte Wut in mir aufsteigen. Um der angespannten Situation zu entkommen, schob ich vor, dringend unter die heiße Dusche zu müssen. Angesäuert stapfte ich die Treppe nach oben und ärgerte mich, dass sich nach diesem tollen Start in den Tag meine gute Laune schlagartig ins Gegenteil umgekehrt hatte. Und ich ärgerte mich auch darüber, dass es mir scheinbar immer noch nicht egal war, was Julian über mich dachte oder sagte. Wenn das so weiterging, brauchte ich wirklich noch weitere Punkte auf meiner Glücksliste.

In der folgenden Surfstunde fand ich mich in einem ständigen Kampf mit dem Wasser wieder. Das Board schien ein Eigenleben zu haben und das Segel hatte offenbar eine Abneigung gegen mich. Jeder Versuch, auf dem Brett zu stehen und voranzukommen, endete mit einem unfreiwilligen Bad im kalten Nordseewasser. Auch unser Surflehrer Tobi, der zu Anfang so enthusiastisch und zuversichtlich gewirkt hatte, schien plötzlich unsichtbar zu werden, wenn ich seine Hilfe benötigte. Seine Ratschläge waren vage und ich hatte das Gefühl, dass er mit der Masse an Teilnehmern komplett überfordert war. Mit jedem Sturz und jedem missglückten Manöver schwand meine anfängliche Begeisterung und am Ende der heutigen Einheit verfluchte ich das Surfen.

Gleichzeitig war Aufgeben für mich keine Option. Vor allem Julian gegenüber wollte ich mir nicht die Blöße geben, sagen zu müssen, dass ich am Surfen lernen gescheitert war.

So fuhr ich eine Woche später zu meinem Surfkurs und hoffte darauf, dass es beim letzten Mal einfach am Wetter oder an was auch immer gelegen hatte. Unsere Einheit fand dieses Mal etwas später am Tag statt und so tummelten sich bereits zahlreiche andere Surfer auf dem Wasser, denen wir bewundernd zusahen.

„Die Bedingungen heute sind durch den böigen Wind etwas herausfordernder als beim letzten Mal, aber ihr werdet das schon hinbekommen“, waren Tobis einleitende Worte. Na das kann ja heiter werden, dachte ich wenig zuversichtlich und begann zu versuchen, mich an seine Anweisungen der letzten Male zu erinnern. „Körperhaltung stabil und leicht nach vorne neigen, um das Gleichgewicht zu halten. Fußstellung nutzen, um das Brett zu kontrollieren und darauf achten genügend Druck auf das Segel auszuüben, um Fahrt aufzunehmen.“ Ich fühlte mich mal wieder restlos überfordert. Da ich mir vorgenommen hatte, Tobi als unseren bezahlten Surflehrer mehr in die Pflicht zu nehmen, versuchte ich auf mich durch Rufe aufmerksam zu machen. Aber der Wind trug meine Stimme unerbittlich in die falsche Richtung, so dass ich weiterhin auf mich allein gestellt war. Der einzige Trost war, dass bis auf einer der weiteren Kursteilnehmer alle zu kämpfen hatten.

Nach einer Weile hatte ich es endlich geschafft, mich auf das Board zu kämpfen. Ich war gerade dabei, das Segel raufzuziehen, als mich eine heftige Windböe aus dem

Gleichgewicht brachte. Ich verlor die Kontrolle und stürzte ins Wasser. Als ich versuchte, wieder aufzutauchen, bemerkte ich, dass sich meine Leash irgendwie verheddert hatte und mich daran hinderte, zurück an die Oberfläche zu kommen. Sofort stieg Panik in mir auf und ich bekam Todesangst. Ich ruderte mit den Armen und versuchte irgendwie die Leine von meinem Fußgelenk zu lösen aber irgendwas zog mich immer weiter nach unten.

Meine Lungen brannten vor Verlangen nach Luft, während die Dunkelheit des Wassers immer bedrohlicher wurde. Ich fühlte mich wie im schlimmsten Alptraum gefangen und während meine Sinne vom Druck des Wassers immer mehr betäubt wurden, hörte ich auf zu kämpfen.

26

„Nora?“

Wie durch einen dichten Nebel hörte ich, wie erst weit entfernt und dann immer näherkommend eine mir bekannte Stimme meinen Namen rief. Als mir jemand über die Wange strich, versuchte ich meine brennenden Augen zu öffnen und mich zu orientieren. Wo war ich? Und was war passiert? Und woher kam Julians Stimme?

Langsam nahm ich die Umrisse der Strandlandschaft wahr und nachdem ich Tobi und die anderen Surfkursteilnehmer erkannte, die mit besorgten Blicken um mich herumstanden, kehrte langsam meine Erinnerung zurück und ich bekam eine Ahnung, was passiert war.

„Julian, was machst du denn hier?“ flüsterte ich, als ich registrierte, dass er neben mir kniete und die Hand auf meiner Wange zu ihm gehörte. Meine Lungen brannten noch immer und in meinem Kopf pochte es.

„Ich habe dich aus dem Wasser gefischt. Schön, dass du wieder da bist“, antwortete Julian mit liebevoller Stimme. Er legte behutsam einen Arm um meine Schultern und versuchte mir zu helfen, mich aufzusetzen. Aber meine Glieder waren schwer und unkoordiniert und ich konnte mich nur wie ein nasser Sack zurück in seine Arme fallen lassen.

„Wasser, da war immer nur Wasser", murmelte ich und versuchte zu verarbeiten, was ich erlebt hatte.

In diesem Moment hörte ich weitere Stimmen und drei Rettungssanitäter kamen angelaufen, die sich neben mich knieten. Während Julian kurz mit ihnen sprach, erfuhr ich noch einmal detailliert, was mit mir passiert war.

Scheinbar wurde ich, nachdem ich von meinem Surfbrett gefallen war, von einer starken Strömung erfasst, die mich unter Wasser zog. Außerdem hatte sich die Leash, mein Sicherheitsseil, womit mein Board an meinem Knöchel befestigt war, verheddert, was mich zusätzlich am Auftauchen behindert hatte.

Julian, der zufällig einer der „anderen Surfer" auf dem Wasser gewesen war, hatte mich beobachtet und als ich nicht mehr aufgetaucht war, ist er mir zur Hilfe geeilt und hat mich hochgeholt und dann an Land gebracht.

Ich ließ die Worte langsam auf mich wirken und versuchte, deren Bedeutung zu erfassen. Mir wurde schlagartig bewusst, dass es auch ganz anders hätte ausgehen können, wenn Julian mich nicht bemerkt und meine Notlage richtig erkannt hätte.

Nachdem ich erstversorgt war, sprachen die Sanitäter darüber, in welche Klinik sie mich nun bringen würden. „Mir geht's doch schon wieder besser", versuchte ich auf mich aufmerksam zu machen und mich gegen weitere Maßnahmen zu wehren. Ich hatte eine notorische Krankenhausphobie und wollte auf keinen Fall in eine Klinik gebracht werden. Julian beugte sich zu mir herunter und seine Augen waren voller Sorge. „Nora, bitte. Du musst einmal durchgecheckt werden. Ich werde mitfahren und bei dir bleiben, mach dir keine Sorgen."

Berührt von seiner Fürsorge und die Tatsache, dass ich nach wie vor Probleme hatte, meine Beine unter Kontrolle zu bekommen und zu schwach war, um aufzustehen, überzeugten mich am Ende doch, mitzufahren.

Nach einer gefühlten Ewigkeit waren wir in der Klinik in Heide angekommen. Die gesamte Fahrt über hielt Julian meine Hand und ich wusste nicht, wie ich diese Fahrt überstanden hätte, wenn er nicht an meiner Seite gewesen wäre. Seit dem Tod meiner Eltern lösten Rettungswagen, Blaulicht und Krankenhäuser eine unverhältnismäßig große Panik in mir aus. Aber die Nähe, die nach allem, was zwischen uns geschehen war, wie selbstverständlich zwischen uns bestand, fühlte sich so beruhigend und umarmend an wie eine warme Decke, die sich - durchgefroren wie ich war - über mir ausbreitete.

Nachdem ich endlich alle notwendigen Untersuchungen über mich hatte ergehen lassen und die Ärzte mich für unauffällig erklärt hatten, setzte ich meine Unterschrift unter die Entlassungspapiere und durfte gegen Abend das Krankenhaus verlassen. Julian war nach wie vor nicht von meiner Seite gewichen, obwohl ich mich deutlich besser fühlte und auch meine Beine wieder das taten, was ich ihnen sagte.

„Danke, Julian!", sagte ich schließlich, als wir gemeinsam am Taxistand auf den Fahrer warteten, der uns zurück nach Hause bringen sollte. Endlich waren wir zu zweit und ich konnte das ausdrücken, was ich schon die ganze Zeit gedacht und gefühlt hatte.

Julian wendete sich mir zu und schaute mir tief in die Augen. „Nora, ich bin einfach nur froh, dass dir nichts passiert ist."

„Du hast mir das Leben gerettet. Ohne dich wäre ich vielleicht…"

Er signalisierte mir mit seinem Finger auf dem Mund, dass ich nicht weitersprechen sollte.

„Du kannst dir nicht vorstellen, was in mir vorging, als du vorhin nicht mehr aufgetaucht bist." Julian atmete tief aus und sprach mit gesenktem Blick weiter, „Ich weiß, dass ich dich mit meiner Abweisung verletzt und dir vor den Kopf gestoßen habe. Das tut mir immer noch leid. Aber ich habe einfach Zeit und vielleicht auch einen Schuss vor den Bug gebraucht, um zu verstehen, wie wichtig du mir bist. Nach Annas Tod habe ich geglaubt, nie wieder jemanden so nah an mich heranlassen zu können. Ihr Verlust hat einfach so tiefe Wunden hinterlassen und ich wollte mich schützen…"

Während Julian eine Pause in seiner kleinen Rede machte, gingen mir tausend Gedanken durch den Kopf – nicht zuletzt die Frage nach „Carlotta" und der SMS auf seinem Handy. Ich spürte unsere Nähe und dass zwischen uns ganz offensichtlich etwas war. Gleichzeitig wusste ich aber, dass es da noch eine andere gab und ich musste und wollte mich vor weiteren Verletzungen schützen.

„Nora, ich hatte solche Angst um dich…", Julians Blick war voller Sorge und Emotionalität. Er nahm mein Gesicht in beide Hände und wollte mich küssen und obwohl ich mir seit Monaten nichts sehnlicher gewünscht hatte, wollte ich Klarheit. Als Julian bemerkte, dass ich seinen Kuss nicht erwiderte, zog er den Kopf zurück und schaute mich mit fragendem und traurigem Blick an.

„Wer ist Carlotta?“ schoss es aus mir heraus.

Julian runzelte fragend die Stirn und schien nicht zu verstehen.

„Die SMS in der Sturmnacht“, versuchte ich ihm auf die Sprünge zu helfen. „Ich denk′ an dich“, zitierte ich mit einem spitzen Unterton weiter.

„Oh Gott, Nora. Nein!“ Julian schien endlich zu verstehen. „Carlotta ist eine Arbeitskollegin, die scheinbar einen Narren an mir gefressen hat. Ja, sie hat mir immer mal Nachrichten geschrieben, aber das ging immer nur von ihr aus. Ich habe ihr aber nun unmissverständlich zu verstehen gegeben, dass das nicht auf Gegenseitigkeit beruht und ich nichts… hörst du: NICHTS von ihr will! Weil ich nämlich nur an einer Person interessiert bin…“ Er schaute mir tief in die Augen und auf einmal war alles so leicht. Mein Kopf schien endlich zu verstehen und so neigte ich mein Gesicht in seine Richtung, bis sich unsere Lippen trafen und wir in einem langen und innigen Kuss verschmolzen.

EPILOG

„Hast du alles bekommen?“ fragte ich Julian, der vollbepackt und mehrere Papiertüten jonglierend in die Küche der Strandbude stolperte.

„Alles erledigt. Die Getränke sind noch im Auto, aber die hole ich gleich.“

„Du bist ein Schatz. Ich weiß nicht, wie ich das ohne dich geschafft hätte.“ Ich gab Julian einen Kuss auf die Wange, mit dem er sich aber scheinbar nicht zufriedengeben wollte. Nachdem er alle Tüten und Taschen abgestellt hatte, wirbelte er mich herum und gab mir einen filmreifen Kuss auf den Mund.

Lachend kämpfte ich mich aus seiner Umarmung. „Hey, so werde ich ja nie fertig“, protestierte ich.

Ich wendete mich wieder meinem Kuchenteig zu, der dringend in den Ofen musste, damit er noch rechtzeitig fertig wurde, bevor die Gäste kamen.

Ich hatte alle meine Freunde und Bekannten zu einer Sommerparty eingeladen, mit der ich gleichzeitig meinen endgültigen Abschied aus Hamburg und mein Bleiben in Sankt Peter Ording feiern wollte. Pippa hatte mir schon ein lustiges Selfie von der Autobahn geschickt, als Beweis, dass sie auf dem Weg waren. Ich freute mich riesig auf meine beste Freundin, die ich schon wieder viel zu lange nicht gesehen hatte.

Auch Ben würde später aus Hamburg anreisen und mit uns feiern. Nachdem es mit ihm und Henk fester geworden war, hatte er sich gegen die Fernbeziehung und damit auch schweren Herzens gegen den Job in Helens Wohnstudio entschieden und war zu Henk nach Hamburg gezogen. Ich hatte ihn seitdem nicht mehr gesehen und war gespannt, was er über seinen Neuanfang in Hamburg zu erzählen hatte.

„Dann kümmere ich mich mal um die Getränke." Julian schnappte sich ein Stück vom Baguette und klaute sich dazu noch ein Stück Brie von meiner Käseplatte, bevor er die Küche verließ, um die restlichen Einkäufe auszuladen.

„Ey", rief ich mit gespielter Empörung. Grinsend drehte er sich noch einmal um: „Das habe ich mir jawohl mindestens verdient. Nachdem ich hier so hart für dich arbeite."

„Ja, ja. Du hast es wirklich schwer mit mir." Ich schaute ihm lächelnd nach. Manchmal konnte ich mein Glück gar nicht fassen. Seit er nach meinem kleinen Surfunfall endlich seine Bindungsängste über Bord geworfen und sich für mich entschieden hatte, waren wir unzertrennlich. Ich schüttelte den Kopf, immer noch fasziniert von der Wendung, die unsere Beziehung nach all den Zweifeln und Missverständnissen, genommen hatte.

Nachdem der Kuchen seinen Weg in den Ofen gefunden hatte, verschaffte ich mir einen kurzen Überblick, was nun noch zu tun war. Eigentlich wollte ich das Meiste bereits gestern erledigt haben und längst fertig sein. Aber im Wohnstudio war derart viel los, dass ich jegliche Vorbereitungen für meine Sommerparty auf heute schieben musste. Nach Bens Wegzug im Frühjahr war ich wieder verstärkt an Helens Seite eingesprungen und da durch meinen Einsatz auf Social Media die Nachfrage enorm gestiegen war, hatte ich für sie den längst überfälligen Online-Shop aufgebaut, den ich nun komplett selbstständig betreute. Darüber hinaus hatte ich durch meine Reichweite auf unserem Account mehrere gut bezahlte Kooperationen angenommen, die mir momentan ein mehr als gutes finanzielles Auskommen sicherten. Auch die Sache mit den nachhaltigen Servietten hatte sich als erfolgreich herausgestellt und ich war gerade dabei, gemeinsam mit der Firma ein eigenes Design für die Servietten der Strandbude zu entwickeln.

„Das riecht ja schon unglaublich gut hier." Marion war in die Küche gekommen und legte mir liebevoll eine Hand auf die Schulter. „Womit kann ich dich denn nochmal am besten unterstützen?"

„Wie lieb von dir. Ich muss dringend draußen noch alles fertigmachen: Tische dekorieren, Lichterketten aufhängen, Getränke kaltstellen und so etwas.

„Also für unsere Deko bist du zuständig, da lasse ich lieber die Finger von. Aber was hältst du davon, wenn ich das Buffet draußen schon mal anfange, aufzubauen?"

„Das wäre wunderbar, danke!"

Obwohl ich nur noch ab und zu in der Strandbude aushalf und eher bei Events, wie den weiterhin erfolgreich laufenden Kochabenden mitwirkte, war das Verhältnis von Marion und mir noch weiter zusammengewachsen. Die Pension war zu meinem Zuhause und Marion zu meiner Familie geworden. Dass Julian und ich doch noch zueinander gefunden hatten und Marion ihren Bruder endlich wieder glücklich sah, trug sicherlich ebenfalls dazu bei, dass sie mir eine unausgesprochene aber tiefe Dankbarkeit entgegenbrachte.

Schweißgebadet aber zufrieden betrachtete ich mein Werk. Der Garten hatte sich binnen kürzester Zeit in eine wundervolle Sommeroase verwandelt und ich staunte wieder, mit welchen einfachen Elementen sich Gemütlichkeit und eine besondere Atmosphäre schaffen ließen. Stehtische, Bänke sowie eine lange Tafel luden zum Verweilen ein, dazu hatte ich helle Leinendecken und Kissen ausgelegt, zahlreiche pastellfarbenen Lampions und Lichterketten in die Bäume und Sträucher gehängt und Wiesenblumen in vielen kleinen Vasen auf den Tischen verteilt.

„So meine kleine Dekoqueen, Zeit für eine Pause!“ Julian war hinter mich getreten und reichte mir liebevoll ein Glas Sekt auf Eis. Lächelnd lehnte ich mich an ihn und schloss für einen Moment die Augen. Ich war „angekommen“, auch wenn ich diesen Begriff lange Zeit für total bescheuert hielt. Schließlich war das Leben ein Prozess, eine Reise, die nie aufhörte, weil wir uns ständig weiterentwickelten. Nichtsdestotrotz konnte ich in diesem Moment innehalten und wollte diesen Augenblick einfach nur genießen: Hier im Arm von Julian und der Aussicht darauf, den bevorstehenden Abend mit meinen Freunden zu verbringen und zu feiern, dass ich meinen Platz nun hier gefunden hatte.

„Überraschung…!“ ertönte es hinter uns. Wir drehten uns um und dort standen Pippa und Marc, die strahlend einen riesigen Blumenstrauß in den Händen hielten. Hinter ihnen tauchte plötzlich noch jemand auf: „Claire!“ Ich freute mich riesig, dass meine ehemalige Nachbarin und Freundin es nach einem Jahr nun endlich geschafft hatte, neben ihren vielen Diensten und anderen Verpflichtungen, sich ein Wochenende freizuschaufeln und mich in meiner neuen Heimat zu besuchen.

„Wie schön, dass ihr da seid!“

„Wow, das sieht ja traumhaft aus hier“, staunte Claire und schaute sich um. „Pippa hat mir ja schon vorgeschwärmt, wie schön du es hier hast aber das hier übertrifft es nochmal.“

Ich konnte nicht leugnen, dass auch ich mehr als zufrieden war, welche Atmosphäre ich geschaffen hatte. Kaum zu glauben, dass hier vor wenigen Monaten noch der Sturm gewütet und ein großer Baum quer im Garten gelegen hatte. Aber scheinbar musste erst einmal Chaos herrschen, bevor sich bestimmte Dinge neu ordnen konnten.

Während meine Gäste richtig ankamen und ihre Zimmer bezogen, hatte ich Zeit, mich kurz frisch zu machen und in mein Sommerkleid zu schlüpfen, das ich mir extra für diesen besonderen Abend gegönnt hatte. Mina stand schwanzwedelnd vor mir und schien meine gute Laune zu spüren und zu teilen. Ich nahm mir einen Moment Zeit, um meine geliebte Fellnase mit einer extra Streicheleinheit zu verwöhnen. Bevor ich wieder runterging, schnappte ich mir noch meine Notizen, die ich für meine spätere Rede vorbereitet hatte.

„Meine Lieben", begann ich, nachdem ich mir mit dem obligatorischen Schlagen gegen mein Glas Verhör verschafft hatte.

„Ich freue mich ganz doll, dass ihr alle da seid, um an diesem besonderen Abend mit mir gemeinsam zu feiern.

`Sie werden nicht das bekommen, was sie möchten, sondern das, was Sie brauchen` war die Prophezeiung einer weisen Frau, die ich nun viel besser nachvollziehen kann als noch vor einem Jahr.

Da nämlich beschloss ich, unzufrieden wie ich war, meinem bisherigen Leben den Rücken zuzukehren. Also ließ ich ziemlich viel Gewohntes hinter mir, in der Hoffnung an diesem Ort eine bessere Zeit zu haben und meinem Leben eine neue Richtung zu geben.

Auch wenn sich mein Anfang hier etwas holprig gestaltete…" ich zwinkerte Marion lächelnd zu, und schaute daraufhin zu Pippa. „Und ich vermutlich das Handtuch geschmissen hätte, wenn mich meine liebste Pippa nicht davon überzeigt hätte, nichts vorschnell zu verurteilen und es sich lohnt, dem Ganzen noch eine Chance zu geben…wurden meine Erwartungen an dieses Jahr übertroffen und ich hätte mir rückblickend keine bessere Zeit vorstellen können.

Ich habe in diesem Jahr unglaublich viel gelernt. Ich habe erfahren, dass es Mut erfordert, sich auf Veränderungen einzulassen, vor allem, wenn diese sich manchmal unbequem anfühlen. Und ich habe gelernt, dass manches oft nicht so ist, wie es scheint und dass man manchmal genauer hinschauen darf und nicht vorschnell urteilen sollte. Und ich habe gelernt, dass Freundschaft und Liebe uns stark machen, egal, welche Herausforderungen uns das Leben entgegenwirft.

Ich danke jedem von euch, der mich auf diesem Weg begleitet hat und begleitet. Danke an Marion, die mir hier ein neues Zuhause gegeben hat, das ich nun nicht mehr missen möchte. Danke Pippa, die immer an meiner Seite ist. Ich wüsste nicht, was ich ohne dich tun würde. Danke Ben für deinen Austausch und meine erste neu gewonnene Freundschaft hier. Ich erinnere mich noch gut an unser Gespräch über Ausstiege, Bestimmungen und den Mut dazu, sein Leben selbstbestimmt zu gestalten und seinen Träumen und Leidenschaften zu folgen.

Danke Helen, dass ich durch dich genau das gefunden habe. Durch dich hatte ich den Mut, dem zu folgen, was mir Spaß macht und beruflich meine Sicherheit zu verlassen und damit das zu tun, wofür ich wirklich brenne.

Und Danke Julian: Du hast meinem Leben eine neue Richtung gegeben und mir gezeigt, dass es sich lohnt, auf sein Herz zu hören. Ich danke dir, dass ich durch dich lernen durfte, was es bedeutet, bedingungslos zu lieben."

Als ich in die bewegten Gesichter meiner Gäste und Zuhörer blickte, spürte ich Tränen der Rührung aufsteigen. Ich musste kurz schlucken und erhob mein Glas:

„Ich möchte mit euch anstoßen: Auf das wunderbare Jahr, das ich bei euch und mit euch verbringen durfte. Und auf die vielen bevorstehenden Momente hier an diesem wunderbaren Ort. Auf das Leben und die Liebe!"